大家的小作
Small Essays by Great Writers

海岛上的
夜雨

阿成

著

陕西新华出版
陕西人民教育出版社
·西安·

图书在版编目(CIP)数据

海岛上的夜雨 / 阿成著 . -- 西安：陕西人民教育出版社, 2025.7. --（大作家的小作文 / 王久辛主编）.
ISBN 978-7-5757-0774-9

Ⅰ . I267

中国国家版本馆 CIP 数据核字第 2025N3Y060 号

大作家的小作文

海岛上的夜雨
HAIDAO SHANG DE YEYU

阿成　著

总 策 划	周维军	
出 品 人	李晓明	叶　峰
策 　 划	叶　峰	
项目协调	张志方	
项目统筹	郑丹阳	田子晖
责任编辑	方　香	
封面设计	王左左	
出版发行	陕西人民教育出版社	
地　　址	西安市丈八五路58号	
经 　 销	各地新华书店	
印 　 刷	西安五星印刷有限公司	

开　　本	787毫米×1092毫米　1/16	
印 　 张	18	
字 　 数	240千	
版 　 次	2025年7月第1版	
印 　 次	2025年7月第1次印刷	
书 　 号	ISBN 978-7-5757-0774-9	
定 　 价	49.00元	

联系电话：029-88167836
声明：书中部分与未成年人的合影为活动现场随机拍摄，若相关权利人对图片使用有异议，请及时与本社联系。

大作家的小作文

莫言题

前言

王久辛

固然，古今中外的大文豪、大作家之所以能够流芳百世，是因为他们都有鸿篇巨制的经典，不然就不可能赢得世人的赞同与首肯。大文豪、大作家都有大作品，这毫无疑问。然而，大作家的大作品是怎么来的呢？没有一位大作家不是日复一日、年复一年持之以恒地写出卷帙浩繁的扛鼎之作；也没有一位大作家不是一个字一个字地垒起伟岸高峰的。换句话说，他们也是人，是常人、凡人，只不过是靠了自己的一颗耐烦、耐久、坚韧不拔的心，字无巨细，一视同仁，以不间断的思考和不间断的写作，成就了超凡创造。这样说来，所有超拔的大作家，都有一个踏踏实实、一步一个脚印、积少成多的写作历程与创作品格。

　　不过，我这里马上要说到的"大作家的小作文"，指的当然不是大作家的大作品，而是大作家写的小品文、小散文、小杂文、小随笔、小特写、小体会一类的"小作文"。说到"小"，我就会想到"大"，我觉得"大"就是"小"，"小"有时候又是"大"。一位作家作品的质地如何，其实很多时候并不需要从头看到尾，读上几章就足够了。为什么？因为那几章文字的成色、叙述的含量、结构的布设，就暴露了一位作家的全部。就像拿着放大镜看小腻虫，须尾全活着的，当然是好文字；若是一塌糊涂，没有动静，不见条纹，那还有什么读头呢？大作家是不一样的，他们遇到报刊的约稿，沉心一思，计上心来，信笔涂写，千八百字、两三千字，完全是信手拈来。谁敢说这样写出来的文字，不是大作家日有所想、夜有所梦的精神闪耀呢？表面上看去，好像与其写的大部头没有关系，然而那情思的寄寓与思想的寄托，谁敢肯定不是其大作品中人物之一斑呢？"小"不"小"，那要看寄寓寄托的是什么。大作家的小作文，没准儿里面有大思想、大情怀、大志向、大魂灵呢？

大作家在写大部头的间隙，在应付、应酬日常生活与俗事、俗物、俗人之际，难免会有一些杂思杂感，难免会信手写些七零八碎的小文字，随手记一点儿小杂感、小念头，铢积寸累，堆土成山，少的攒上十几万字，多的积上几十万、上百万字，也是大有可能的吧？少年时代，我读钱松嵒（1899—1985）先生的《砚边点滴》，就觉得非常简约精妙，字少意多，没有废话，全是干货。他谈国画创作，没有要作文章的架势，都是切身体会，信笔记之。为便于阅读，他分成条块，归类排列，心上点滴，录以自娱，取名《砚边点滴》，我猜也是无以名状的结果，然这"无以名状"的文字，后来竟成了画家们的经典。

作家都是有心人，我私下忖度：百分之七八十的作家、诗人、艺术家，都有可能记下一些这样的"小作文"。大先生孙犁有过一册《尺泽集》，里面全是几百字的小文章。散文家秦牧出过一本《艺海拾贝》，也都是千八百字的小文章。街头巷尾的闲杂事儿、日常生活的针头线脑儿，全让他用一颗艺心串了起来，像在海边捡拾贝壳那样，盛到了他的著述中。孙犁、秦牧都是散文大家，他们不嫌小、不怕短的用心之处，给我留下了难忘的印象。

后来孙犁先生出了文集，我立刻买来研读，发现有三分之一以上都是小文章，长的也不过几千字，然篇篇见精神，都是至情至性至真的好文章。孙先生独孤求短，字字珠玑，一生言之有物，不说废话，他的那些小短文汇成的文集，在我看来，每一本都不比他的长篇小说弱，一如他的短篇小说集《白洋淀纪事》，内里最短的小说仅三五百字，但其美学价值，堪比先生的长篇小说《风云初记》。可以说，在孙犁先生的文学观里，从来就没有长长短短的分别。我的好友伍立杨曾写文章说，他"决计一生要住在一流的文字里"，那是一个多么高洁雅致的理想啊！令我心向往之。

于读者和作者来说，短文章的好处太明显了。短，读得快，作家们写得也快，一句话——节省时间，节约精力。但我还有一个想法，恐怕不说，还真不一定人人都明白。作为读者，如果你喜欢阅读文学作品，而你又没有大块时间，怎么办呢？我的经验就是去读作家的"小作文"。因为是"小作文"，作家的思想境界、情感疏密、语言韵致，写出来的多半是精华；况且篇幅小，可以回过头来反复看看，琢磨琢磨，理解起来就容易多了。无论是大中小学生，还是乡镇企业的工作人员，乃至国家机关国企单位的公职人员，有时间嘛，就买上几本这样的小作文，坐下来多看几篇；没时间呢，十来分钟的零碎空闲，也能偷空儿看上一两篇。咱先别说要立志终身学习，能把散失在犄角旮旯儿的这些五彩贝壳捡起来，不也一样是珍惜了光阴，爱惜了生命？而且还长了见识，健康了精神，这不又是一个美哉？

正是基于如上的认识，2024年12月的一次聚会，在好友张志方的引介下，我与陕西新华出版传媒集团总编辑周维军先生、陕西人民教育出版社总编辑叶峰先生一拍即合，策划了《大作家的小作文》丛书。所请作家，或是世界文学奖，如"国际安徒生奖"，或是中国文学奖，如"茅盾文学奖""鲁迅文学奖"的获奖者。现在，丛书的第一辑，由"诺贝尔文学奖"获得者莫言先生题写了丛书书名，收入了曹文轩《另一种造屋》、陈彦《我的西安》、周大新《曹操的头颅》、徐则臣《风吹一生》、徐刚《当时人物在》、阿成《海岛上的夜雨》、何向阳《读行记》、李骏虎《在晋南的旷野上》、谢有顺《想象力比我们想象的更重要》、吴克敬《像孩子一样努力》、王久辛《从小看大》共11部作品。这11部著名作家的"小作文"，经过陕西人民教育出版社编辑们紧锣密鼓、高度认真的编校，即将出版面世啦。作为这套丛书的主编，我的内心充满了蓬勃的期待！我期待着这套丛书能尽快来到读者的眼前，来到读者的心里，让读者检验一下这11位作家的"小作文"，是不是11个文学世界、11片文学海洋，是不是可以构成我们这个时代的另一片星辰大海？

最后，请允许我代表著名作家曹文轩、陈彦、周大新、徐则臣、徐刚、阿成、何向阳、李骏虎、谢有顺、吴克敬等，向陕西人民教育出版社，向参与《大作家的小作文》的全体编校人员，致以崇高的敬意与深深的感谢，你们辛苦啦！谢谢！谢谢！！

2025年3月22日于北京

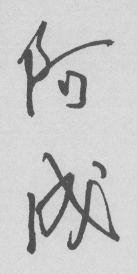

海岛上的夜雨

扫码获取专属数字人

目录

03 行走中国

一、我与文学

通过痴迷的**阅读**，我获得了一种审美的角度和方法，
有了一条新的思索之路可走。
我对家乡的认识也变得**清晰与广阔**起来。

多读一点中外的文学书，能获得有益的启示。

当我读了哥伦比亚作家马尔克斯的《百年孤独》、美国作家亚历克斯·哈利的《根》、瑞典诗人埃里克·卡尔费尔德的《荒原与爱情》、印度诗人泰戈尔的《吉檀迦利·饥饿的石头》后，便产生了一种回望我家乡历史的欲望。

说实话，人的某些欲望是阅读引起的

通过痴迷的阅读，我获得了一种审美的角度和方法，有了一条新的思索之路可走。我对家乡的认识也变得清晰与广阔起来。我在笔记中这样写道：

> 若从二十世纪初开始算起，我的家乡黑龙江仍然是少数民族、汉族，包括

外来异人的杂居之地。在这片神奇的土地上，不仅有剽悍的达斡尔族，有善狩猎与巫术的鄂温克族和鄂伦春族，有以渔猎为生的赫哲族，还有"马背上的民族"蒙古族和宁静的满族。在这片黑色的土地上，始终奉行着天人合一的萨满教。当地的人们将大地、阳光、山川、河流视为万能的神，而且每个人又将虎、狼、豹、蛇、白乌鸦、熊、鹰等等，奉为自己的保护神。

——生活在这片土地上的民族大都属于索伦部，他们讲通古斯语，在历史上曾经有属于自己诗一样的语言、文字和辉煌的岁月。我一直为自己诞生并生活在这片土地上感到无比的骄傲与自豪。在我的内心有一个浪漫的想法，那就是，我要成为这片土地上的一名歌手，为生活在这里的人们纵情放歌。

阅读可以使你一直沉睡着的生活资源大放异彩

当我阅读契诃夫的《第六病室》、但丁的《神曲》、索尔仁尼琴的《古拉格群岛》等一些近乎人类苦难史的作品时，我对脚下的土地和人文精神有了新的斩获：

——我可爱的家乡黑龙江，历代被称为中国最苦寒之地，有"孤悬绝塞，马死人僵"的说法，千百年来一直被外域之人视为畏途。因此，这块寒冷的、人迹罕至的地方，便成了历代流放犯人的理想之地。

——被流放到这里的苦役犯大多是战俘、罪犯、作奸犯科的士大夫、持不同政见的官员，以及文人骚客。

由此我还想到，这种大批地往苦寒之地流放犯人的做法无非有两

我与文学

个目的，对其惩罚的目的并无疑问，但是它的另外一个目的，要比惩罚庄重且悲怆得多，那就是利用这些源源不断的、可怜的罪身来开发这块蛮荒的土地。

清代的黑龙江都督，后来升至封疆大吏的宋小濂，在骑马初赴漠河途中就不胜感慨地说：

> 谚云：土沃民丰。斯言也，千古不易。然非有人以垦辟之，种植之，则土虽壮亦无以自见。自齐（齐齐哈尔）至墨（墨尔根）路中，揽辔望东南一带，膏壤平原何止千余里。设招徕生聚，通商务，将不数年间，连阡接陌，荒芜尽变为丰腴，实边富国之谋，孰愈于是？惜置为闲田，一任荒草迷天，寒烟锁地，曾无过而问者。噫嘻！地亦何不幸至此哉！

宋先生的这一番话，几乎把大批地流放与移民到这个孤悬绝塞之地的神圣目的说得很明白了。

我遵循着阅读所获得的暗示，重履黑龙江之路

我发现，到了二十世纪七十年代，黑龙江的少数民族基本上与当地的以及外来的汉族人融合了。开始的时候，这些游移不定的少数民族还过不惯定居的生活，就是在二十世纪五十年代，他们还把当地政府无偿提供给他们的收音机和生活用具卖掉，换酒喝。现在已经安定下来了，你面前的达斡尔族人、鄂伦春族人、赫哲族人、满族人，无论是语言、文字、文化、行为、生活习惯，还是宗教信仰，已经同当地的汉族人没什么两样了。少数民族先祖的文化正在萎缩中逐渐地消

亡。图腾、语言、渔猎的生存方式、民族服装、民族的风俗习惯与追求等，都在成为昨天的故事，成了今天舞台上的文艺节目。

当我向一个少数民族青年询问这个民族曾有过的某种风俗时，对方的脸上常常是一派茫然。我发现造成这种现状的一个重要原因，就是他们世世代代赖以生存的大森林被深度开发，大小兴安岭的森林所剩无几了，野兽也寥寥无几了。先前那种荒草迷天、寒烟锁地的景观已经消失了，文化与风俗也在慢慢地消亡。

阅读与创作的实践提供给我的资源与自信是广泛的

对于二十一世纪的小说，许多同行和准同行大都持一种矫情的、假悲观的态度。

至少说，这是写小说的人在肆无忌惮地蹂躏小说，无论如何，是一种可怜，是一种市井式的庸俗。其中那些天真的幻想与呓语，像事先穿好丧服的巫师，幸灾乐祸地四处兜售"小说将死亡"的"预言"。

——这是一场无聊的闹剧。

在二十一世纪，如果我们赖以生存的地球还健康地存在的话，生活在地球上的人们仍然会像二十世纪以前的人们一样喜欢小说。

小说并不是一种过时的工具，它从未期待一种新的科研成果来代替它。

小说是人类精神的组成部分，它会随着人类的进步而进步，随着人类的发展而发展。

阅读与感受提供给我的认识是多方面的

我惊异地发现真正优秀且卓绝的小说是没有国界的。

有相当数量的人一直持中西方文化的差异观，并为此说了许许多多的话，写了许许多多的"理论"文章。差异固然存在，但是把这种差异绝对化，就无异于骗术了。

苏联作家舒克申的短篇小说《酒鬼》，讲述的是一个让全家陷入酗酒灾难之中的酒鬼，在火车上"公民"们的谴责声中，不断地，甚至泪流满面地嘟哝着"我痛苦啊，我痛苦……"这让我这个读者兼写作者的心灵受到了巨大的震撼，并感受到了某种压力。

我知道我对此无能为力，可小说提供给我一种全新的认知方式，使我的灵魂进入了一个非凡的境界。

的确，及格的小说，从来是忠贞不渝地执行着对人类关怀的使命。

记得我在三十多岁的时候，读过一篇外国的短篇小说，小说名字是《一杯牛奶》。至今，我仍对这篇小说所展示的一切记忆犹新，并久久难以忘怀。这篇小说表面上是叙述一个航海爱好者遇难获救后一文不名的窘境。在难以控制的饥饿面前，这个一文不名的小说主人公决定铤而走险，去一家饼干店要了一大盘饼干和一大杯牛奶。这个如此老套的故事，通过小说中老板娘对痛哭的落难者的头发的抚摸而变得神圣起来。老板娘"忧郁地望着窗外，说：'哭吧，孩子，哭吧……'"在阅读这几行文字时我流了泪。我完全能理解老板娘那"忧郁目光"的深长含义与无言的牵挂。

对此，我想到两点。一点是，小说是如何在我毫无觉察的情况下讲述一个令我感动的，我从不曾去过，也不曾熟悉的异邦故事的。要知道，我对那儿的历史、文化、宗教，包括政治态度，连同风土人情都一无所知，然而，这一切丝毫没有影响我的阅读和感动。

另一点是，小说的叙述如同汩汩流淌的山溪一样，自然清澈，在平易且优雅的叙述中，将我的灵魂引到一个陌生又熟悉的世界里。

为什么呢？

因为优秀的小说关注的是人类的心灵。不管作家笔下的人物背负着怎样与我们不同的文化背景，这些文化背景都不会成为沟通与理解的障碍。

辛格的短篇小说《市场街的斯宾诺莎》，提供给我的不仅仅是发生在异邦的一个老哲学家的黄昏之恋的故事，同时也将那里的宗教、市井文化、玄奥的哲学，一股脑儿地、不做任何解释地展示出来。同样，使我们毫不吃力地进入他营造的世界里，并不时地发出会心的微笑。

他的另一篇短篇小说《皮包》，让我像辛格的老朋友一样，跟随拿错了皮包的他，去充分地领略名人突至的尴尬和世态的炎凉。

——优秀的小说，在关照人类生存、理解人的精神状态的同时，总是包含着辛辣地批判现实的积极意义。

然而，当代中国的某些短篇小说，常常像撒向新嫁娘头上的花纸屑一样五彩缤纷，让读者不知所云。一方面在叙述上啰里啰唆，无聊平庸。另一方面，小说中刀砍斧剁的痕迹让人触目惊心，不忍卒读。

小说说出天来，终是小说。

如果把小说压在一大堆杂七杂八、花里胡哨的“理论”与刺耳的叫嚷之下，小说就不再是小说了。

这样的“小说”不走向死亡才是咄咄怪事。

我在想，二十一世纪提示给我们的，是对小说原意冷静地认定与反思。它会让我们从人为的泥沼之中爬出来，洗净灵魂，走向神圣。

我与文学

小说是风情万种、千手千面的美丽女神

小说当然有技巧的运用，比如短篇小说《巴拉顿湖畔》。但是，技巧不决定一切。技巧仅仅是作家天分中的别一种倾诉方式而已。

我一直很喜欢短篇小说的写作，它自由而严谨，通俗而高尚，妙趣无穷，又让人流连忘返。

但是，我不是写短篇小说的高手，也无意把短篇小说据为己有。不过，小说应当写出独家的品格，有一套仅属于自己的叙述方式，使朋友、读者，包括编辑，能从众多的小说当中一眼看出那是你的小说。

成熟的小说是无法策应标新立异式的呐喊的。

这样，千手千面的女神便诞生了。

然而，这并不能说明我是一个健全的人，我仍然是一个矛盾重重的思索者、天真的幻想者，勇敢而又怯懦，固执而又没有主意，敏感而又迟钝，富于同情心而又麻木不仁，幸运而又处处不走运……

这对一个写手来说，或许是一件妙不可言的好事罢。

写给孩子

爱好，
不仅仅是人生的指路明灯，也是伴随你一生的幸运女神。
作为孩子的父亲，我更希望孩子们身体健康。

要知道，我们赖以生存的这个世界太大了，
有的是施展才能的舞台。

　　风清气朗，春意融融。坐在院子的躺椅上，仰望天上的浮云，看着一片片从容游弋的白云，常常会想到自己的孩子。其实，有时候面对孩子，许多话即便是到了嘴边也不想说，或者不便说了。这不是所谓的代沟，而是两代人都有各自的天地。作为长辈，如果你贸然地进入孩子的天地，会破坏那里的"生态"平衡。当然，孩子也始终无法进入你的内心领地。因为在孩子们的生活中，他们有许多事要做、要玩、要想、要追求、要学习，或者要享受。与他们的父母，或者说与长辈们重合点并不多，想法也各异。例如，眼下哈尔滨正在举办亚洲冬季运动会。看到那些在竞技场上生龙活虎、努力拼搏的孩子们，我就会想：将来他们年岁大了，干什么呢？无论是速度滑冰、短道速滑、高山滑雪，还是U型滑、花样滑冰和冰球等，都是青年人的运动。那么到了中年、老年呢？他们将做什么样的工作呢？当教练不失为一个很好的选择，因为是自己的爱好、自己的专业，自己具备这方面的特长和经验。可是不可能人人都当教练啊。想到这些也嘲笑自己，老同志有点儿杞人忧天了。只能用"车到山前必有路"聊以自慰。

但更多的还是想到自己的孩子。天地做证，我真的从孩子们很小的时候就希望他们能够好好学习。然而，父亲也是一个成长着的父亲，一个不断自我完善的父亲，思想渐渐趋于成熟的父亲。"突然"有一天我终于知道（佛家称之为顿悟），孩子们的智商是不一样的。一位教逻辑课的教授曾经说过这样的话："对有些孩子来说，他们不是不努力，而是非常努力，非常用功，但是，你就是给他一个梯子，他也爬不到房顶上去。这就是遗传带给每一个人的宿命。"

他的这句话让我茅塞顿开，由此我想到了我自己。我曾经也是一个有许多梦想的少年、青年。但是实践证明，年少时的许多爱好并不适合我。比如说我很喜欢画画，还曾经参加过学校的美术小组，画过《长征组画》，也曾在青年时代跟一位朋友为工厂画了巨幅的《毛主席去安源》的油画。在沸腾的现实生活中，我还曾经画过国画和漫画。但是，现实的生活清清楚楚地告诉我，我并不适合做一个画家。说句大白话，我画得并不好，很普通，设若称自己是一个水平普通的美术老师，都抬举自己了。我也曾经爱好打篮球和田径运动（尤其喜欢跳高、跳远、三级跳）。但是，无论是哪一年的篮球校队都没有我，哪怕是做一名板凳队员。他们并不是歧视一个孩子，也没必要歧视我。但是，从学校体育组的选择，我明白了，自己也不是篮球和田径运动员这块儿料。我也曾经爱好过书法和篆刻，很痴迷，但是很快发现，我并不是这一行当的佼佼者。说起来真是让人脸红，我曾经还爱好声乐。

写给孩子

可是一到高音，就好像有人用手掐住了我的喉咙，唱不上去了。当然我还有些其他匪夷所思的爱好，然而都不适合我，不得不忍痛割爱，一一排除。正所谓人间小，梦乡大。

所以，当跟孩子们闲聊的时候——其实父母和孩子们的所谓闲聊都是有目的性的，我的目的就是告诉他们，你得选择一个适合你，并且通过努力钻研能做得很好的方向。比如说，你不是学习这块儿料，无论你怎么学习、怎么努力，都考不上大学。但是，这并不意味着你的人生就失败了，变成灰色的了。完全不是。你只要沉下心来，就会发现你在其他方面是优秀的，是别人不可替代的。比如做一个出类拔萃的厨师，或者一个勇敢的军人、一个优秀的商人等等，那里才是你的天地，你的用武之地，是你能充分施展独特的才能、实现人生价值的地方。你也可能像大多数人那样，或者就像你的父母一样，普通得不能再普通了，是一个普通的产业工人，在工厂、在企业。你完全有可能、有机会、有舞台成为一个巧匠，或者成为一个技术高超的师傅、一个劳动模范、一个好工长。当然，有的孩子天生就是学习的料，比如我的内人，她们姐妹仨都考上了很不错的大学。当然，对此我既无褒义也无贬义。对一个孩子最重要的评价并不是你走进了大学校园的大门，而是你走出大学校门，或者出国留学回来之后，做了什么？做得怎样？至于我们哥仨，只有我大哥考上了大学。但是，大哥就是大哥。在关键时刻他清醒地认识到，他身高一米九三，应当去适合自己身高的领域发展，所以毅然决然放弃了上大学的机会，去了八一体育学院，后来成为国家八一篮球队的主力中锋。毋庸讳言，我二哥就是不爱学习，他喜欢钓鱼、打猎、逃学，连正规的初中都没考上。可是谁能想象，一个民办中学毕业的中学生，居然在街道办的工厂成了一个了不起的车工。他不但技术好，而且还会看图纸、设计图纸。他当年逃学钓鱼的经历，居然使他成为渔具商店的老板、城市钓鱼协会的副会长。我，就不用说了，偶然性也会成为人生的常态。我做梦都没想到自己会成为一个职业编辑和作家。后来我发现，我先前喜欢读书的那些经历，成就了我作为一个作家的基本功。我们兄弟三人和我内人的三姐妹，几乎是那一代青少年的小小的缩影。我们都有着各自不同的命运和经历。但是，我发现我们也有共同的特点：就是热爱自己所热爱的，就是做自己力所能及的事情，就是在逆境当中善于开发自己的潜能，不言放弃。

是啊，爱好不仅仅是人生的指路明灯，也是伴随你一生的幸运女神。

当然，作为孩子的父亲，我更希望孩子们身体健康、家庭幸福，他们的子女也健健康康的。学习好固然是好事，学习比较差，但是自己努力了，亦问心无愧，又有什么可以自责的呢？要知道，我们赖以生存的这个世界太大了，有的是施展才能的舞台——或在车间，或在工厂，或在一个区，或在一个城市里，也难说就不在世界的大舞台上。总而言之，你开心就好。

神情专注，练习书法

07

我的父亲母亲

母亲走了多年了。

夜里，我常独自坐在自家那张老旧的写字台前，

千万籁俱寂之中，窗外夜行的松花江水走得如诉如泣，

我像一只可怜虫又呜咽流泪不止了……

无论是清明节还是旧历的新年，我照例是要给母亲化些纸钱去的。我当然知道这是迷信——可是一个做儿子的，还能用什么方法寄托对母亲的挚爱与哀思呢？

在远离城市的郊野上，烧化的纸钱是有温度的，尤其是在清明时节，东北大地，春寒料峭。我想，那纸火的温度一定是母亲奉献给儿子的爱罢……

——题记

母亲是在七十四岁的时候离世的，距今已经三十多年了。写这篇小文，的确是为了排遣儿子对母亲的悼念与缅怀之情的。

那是在早春时节的一个星期六，母亲原本是选在这一天出院的。当时，母亲因病困在医院已三个月有余，当老人家感到身子略好些时，便萌发了出院的欲望。母亲对我说："三儿，我出院后打算上你那儿住几天。"

我的家紧邻东去的松花江。在母亲还未病重之前，她曾独自去了一回江边。母亲年轻的时候经常去松花江边洗衣服。现在她老了，头发白了，却依然怀念那江、那水。或许是母亲想到自己将不久于人世，去向这条江告个别吧，于是独自去了江边……母亲毕竟是古稀之年了，归来时，怎么也找不到回家的路，老人家整整转了一天……

我想，母亲说出院后要去我家住，一是我的家在江边，还有，做母亲的最疼的自然是自己的小儿子了。我时常闭上眼睛想象母亲在我家住的情景，甚至还推想到老人家处处小心顺着我们一家人的日常习惯的样子。但是，有些事是不可以预想的，如此的设想与推想，又如何不让做儿子的黯然神伤呢？

说来，儿子本可以在母亲瞑目之前见她老人家一面的。只是早年的时候出租车很少，开往省医院的公共汽车为了赚钱，又长时间地停在站台上等客不走，就这样耽误了。到了省医院，我是随着拿强心剂的护士一道，奔跑着去母亲病房的。

我仅仅晚了两分钟，两分钟之前母亲已经停止了呼吸。母亲在临终前没能见到她的小儿子，她或许以为小儿子还要过很长时间才能来。如果她知道再挺两分钟就能见到小儿子，她无论如何都会再支撑着坚持两分钟的。只是老人家已无力坚持了，像油碗里的灯苗，她生命的能量已经耗尽了。正是由于耽误了两分钟，造成了儿子的终身遗憾。

我的母亲就是这样离开人世的。

跑到病房里，先我而到的兄妹们正环立在母亲的遗体周围，一律垂首沉默着。儿女们很难相信自己的母亲已经死了。母亲紧闭着双眼，大张着嘴。那一瞬间，我感到母亲的躯体里正迸发着弥大的呼吸欲望，这个欲望在冥冥的天宇之中如雷似飙地涌动着——让儿子站立不稳了。

母亲辞世的时候，她的手上戴着两枚假的金戒指，是黄铜的。这是一种极为普通的金属。母亲也是女人啊，她非常热爱生活。热爱生活的人自然也热爱美。

先前，没心没肺的儿子并不知道母亲手上的戒指是铜的，母亲也从未告诉过我。母亲年事已高，大约是羞于启齿老人家爱美的心理罢。还记得在我的孩提时代，同母亲去合作社买发夹。依我看，所有的发夹都是一样的，仅有大小的不同而已。年轻的母亲在柜台前挑了许久，她总能从"一样"中挑出不一样来。那年，母亲才三十多岁，三十多岁的母亲像全国大多数母亲一样正经历着贫穷。其实并没有人能对贫穷做出合理的解释。现在想来，贫穷，不过是生命的一种形态而已。母亲对饰物的选择是不可能引起富人们注意的，只能在同样贫穷的妇女当中引起啧啧的赞美。这种简单得不能再简单的美的形式与饰物，其实也是贫穷女人之间的别一种沟通方式。

我的母亲是满族人，满族人死后是不戴帽子的。从母亲身上拔下所有的针头与氧气器械之后，兄妹们便给母亲穿好了寿衣，推着担架车送母亲去太平间。路上，兄妹们遭到了看尸房老人的呵斥："怎么不给老人戴帽子呢？快去买！"震惊与羞愧之下，二哥飞速地跑出去买回了一顶。那是一顶汉族老太太常戴的那种帽子。

后来，读萧一山先生的《清代通史》，我才知道，满族人死后是用白布缠头，不戴帽子的。

母亲活着的时候，从未告诉儿女们她是满族人。在她重病期间，她只说："我死后，不要给我戴帽子。"

母亲，委屈您了。

我的母亲还是一名基督信徒。大约是基督的教义使她在晚年的生活变得平和，如吹拂着和煦的风一般。老人家阅读《圣经》，比我这个半吊子知识分子还要仔细。那本《圣经》的扉页上写着我母亲的名字，字写得很好，笔画都很到位，显然是有毛笔字功底的。母亲小的时候念过私塾，我还听说她念过旅顺的女子中学。

母亲排行老二，她还有一个姐姐。她的姐姐已经先她而去了。母亲活着的时候，姐姐的死她并不知道，或许她不想知道，更不愿去面对，她和她的姐姐感情极深。母亲还有一个弟弟，在遥远的成都，当年也是七十多岁的老人了。母亲活着的时候，他们感情就很好。母亲将这种血缘的亲情，动人地延续至她生命的最后一刻……母亲去世之后，我们并没有告诉他，就让他一直以为二姐还活着罢。

母亲咽气之后，脸上毫无痛苦之痕。大约母亲已经将生死看淡了罢。

自古以来，崇尚自然的满族人就很喜欢鲜花。这还是好絮叨的老父亲告诉我的。前不久，我去大兴安岭的加格达奇，在去嘎仙洞途中的旷野上，我采了不少健硕的、风姿绰约的野芍药。是夜，我乘火车将这束花带到了几百公里以外的哈尔滨。回到家，我将这一束丰硕的花插在注水的花瓶里。然后，从那本《圣经》里取出母亲的遗像，摆在这一大束野花前。

我泡了一杯热茶，坐在母亲的面前。在这个世界上，只有母亲能使儿子的心平静下来。

由于母亲喜欢花，老人家活着的时候在家里养了不少花。但是，这些花在母亲咽气的那一天，全都蔫了、败了。

草木通情呵——

母亲是一位优雅的女人。她住院期间，同病房的病友都很喜欢她。有的病友出院后还常回来看望她，帮她梳头，说一些女人的话题。母亲也经常找一些小笑话讲给她们听。

母亲溘然长逝，病友们都落了眼泪。一位老妇人说："我们得哭几声，给老姐姐送个行……"说着都放声痛哭起来。

那是怎样教人心碎的哭号呵！

母亲总喜欢对别人说她的儿女们如何有出息。开始，我们总劝她不要说，世事险恶呀。母亲不高兴了，说："好，好，我不说。"

现在我懂了。作为一个母亲，还有什么比自己的儿女们出息了一点点更值得老人家高兴的呢？我想，世上所有母亲的人生理想大抵都是如此的罢。这是不可以批判的。在芸芸众生的社会上，她的儿女们都活得很小心，以至于很机警，似乎是这个国度的千年文明决定了人们要事事谨慎，即便是偶尔的自夸，抑或来自母亲的赞誉，都可能给儿女们招来意想不到的麻烦。

母亲一生度日节俭。"爱人敬物"是她的人生准则。

在母亲临终之前的那些日子里，儿女们纷纷给她买一些高档的菜肴，但她老人家只能吃一小口了，便是这一小口也如同做沉重不支的体力劳动，艰难地吃了，母亲照例会说，好吃。

这里，我想劝劝做母亲的，趁着牙口好，人还硬朗，别舍不得吃啊，赶到人老了，牙不行了，再加上有病，就吃不下了。

有人提倡人生当有伟大的理想。这自然是不错的。但是，作为一个母亲，也无须把理想腾飞到怎样的高度，为儿女，为自己，多吃一口人间美味，未尝不是一种优雅的人生态度。

母亲走了多年了。夜里，我常独自坐在自家那张老旧的写字台前，于万籁俱寂之中，窗外夜行的松花江水走得如诉如泣，我像一只可怜虫又呜咽流泪不止了……

　　母亲去世之后，我很少回家看望父亲。原因是我同父亲极少有共同话题。

　　时年，年届八十岁的父亲和离了婚的二妹在一起生活，还是在那个旧楼上住。先前，那是一幢看上去还不错的新楼，但十几年下来就有点落伍的意思了。再加上父亲的年迈，那种落伍的感觉就更加凝重了。

　　二妹是一个十分勤快又爱唠叨的妇人，所以父亲的生活起居不用我们兄弟操心。说起来，这事儿还真得感谢二妹。

　　母亲活着的时候，父亲的生活是由母亲来照料的，他们相依为命。人至暮年，相依为命大抵是老一代夫妻的必由之路。

　　父亲身体还算好的时候，在家里是一个喜欢挑剔的男人。在我的印象里，他和母亲始终处于争吵当中。自然，父母的争吵更多的时候是由母亲做出让步。母亲说，对男人来说，让他们让步是件很伤自尊的事。我总觉得母亲是在向我暗示着什么。

尽管我同父亲谈话的时候很少，但我还是觉察到父亲仕途上的不得意。他总是抱怨母亲不出钱让他送礼。他说如果母亲给他点钱，买些烟酒之类的送给领导，他早就当上处长了。一次父亲极认真地对我说，在那个时代送几瓶罐头就行。我虽然没有反驳父亲的话，但心里却并不认同他的观点。

天意难料，父亲退休之后，母亲竟先父亲而去了，空落落的房子里只剩下父亲一个人了，只好由离了婚的二妹搬回来照顾他。此后，父亲像一尊年久的雕像一样逐渐地风化了，开始的时候他多少还有些挑剔的事，后来就没有了，任凭妹妹怎么唠叨，他的脸都平静得像一盆水。

我知道，父亲是孤单的。

在母亲活着的时候，我经常回家——当然，更多的时候是儿子在社会上、在工作上，或者在自己的家庭中受挫的时候才回去。与其说是看望母亲，莫若说是去母亲那里获得一种精神上的慰藉。

回家之前，我一般会在楼下的饭馆买一两盘传统的热菜，让服务生送上去。父亲既然已经退休，去饭店吃饭的事自然也就断了。儿子买上一两盘老式的热菜，也算是对离休老干部的一种理解罢。

逢年过节，我总要托朋友弄一瓶纯正的日本清酒给父亲送去。他对日本清酒情有独钟，只是现在老了，喝不动了。不过，当儿女们看到他沉醉地品尝清酒的样子，大家都开心地笑了起来。

我常说，人总是生活在回忆中的。今天的日子其实是留给回忆的。明天与未来会是什么样子我们并不知道，更无从预料。

01
我的父亲母亲

父亲还喜欢吃甜食。记得小时候，他常做那种放黄豆的大米饭。现在我也偶尔做，味道的确是有一点儿特殊，有一种甜丝丝的清香味儿。

每逢我回家的时候，母亲总会问："儿子，最近怎么样啊？"我照例说："挺好啊。"我自然不能将自己内心的苦闷与脆弱向母亲倾诉。我已经是成年人了，成家立业了，我应该有能力处理自己的难题。更何况凡世间的事说来话长，我不应当把冗长的俗务对自己的母亲倾诉。我只是想在母亲身边坐坐，说一些让母亲开心的事。这就足够了。

记得我每次走的时候，母亲总是说："儿子，皮鞋擦一擦，衣服穿得整齐一点，精精神神的，像个男人样。"

我说："知道了。"

从母亲那里出来，我总觉得身上增加了一种神奇的力量，人也变得有信心、有活力了，可以用充沛的精神去面对茫茫人海了。

人间的岁月总是过得很快，一晃，母亲已经过世多年了。父亲进入八十高龄以后，因为脑出血，留下了严重的偏瘫后遗症，行动起来像是在挣扎。他呜呜地跟我讲话，可我这个当儿子的连一句也听不懂。我想，亏着有二妹照料，不然，他的生活会是一种什么样子呢？

二妹看着偏瘫的父亲叹着气说："看来，我这辈子也不能再结婚啦。"

其实，二妹才四十多岁，人长得也周正，身体很好，且又是个理家的好手，为了照顾父亲而不再结婚，对父亲是一种大孝，但是对她自己，则无论如何是一种残忍了。然而，这人世上的事，亲情之间的事，又有谁能够说得清楚呢？

父亲每每听到二妹说这样的话，先是呵呵地乐，然后便呜呜地哭了起来。

二妹说："行啦行啦，这又是哪一出啊？"

父亲便立刻不哭了。

父亲昔日的威严在不能自理的生活中已经消失殆尽了。有时候静下心来想一想，人的一生也怪可怜的。

母亲辞世之后，父亲是我长辈中唯一的亲人了。

在母亲刚刚去世的时候，我去看望父亲——那只是传统式的儿子对父亲的探望与问候而已。想不到时间一久，心境变化了，与昔日看望母亲的目的一样了。

父亲由于偏瘫，行动不便，既不能接电话（他听得清你在电话里说什么，但他说的话你却一句也听不懂。于是他不再接电话，躺在床上，任凭铃声响着），也不能开门。于是，我的口袋里便自备了一把父亲家的钥匙。倘若赶上二妹出门不在家，我便可以用自备的钥匙打开门进去。

去父亲家要经过一个热闹的市场。父亲曾在这儿昂首走过春夏，走过秋冬，那时他还在工作岗位上，偶尔也有车子来接他，或者去开会，或者去见什么人，或者去吃馆子……他总是那样旁若无人地上车，或者旁若无人地下车。现在，这一切都消失了，如逝水般流走了……

父亲住在三楼。

上了楼，打开门，我一边在走廊换鞋，一边高声说，是我。

家里还是老样子，和记忆里的家没有任何区别。只是窗台上的花不行了，盆盆都是那种有气无力的样子。母亲最喜欢的那盆扶桑，自她死后，秋天里没人给它剪枝了，父亲也不让剪，他好像很忌讳这件事。它就那么随意地长，只是不再开花了。

躺在病榻上的父亲缩成了一个小老头。我过去一脸笑容地说："爸，气色不错啊，挺好啊。"然后，坐下来，点一支烟同父亲聊——其实只是我一个人在说。当然，我只说那些开心事，以及自己近期的行程。

有时候，我同父亲也聊一些政府及政策上的事。尽管我知道的不多，我还是尽我所知地讲给他听。父亲听着，偶尔也唔唔地问几句。我便极努力地去听，但听不清他在说些什么。

我说："爸，我听不清你说什么。"

父亲便不再说了。

尽管与父亲见面时总是我一个人在说，但是，我内心的那份苦楚却在这样的"交谈"中渐渐地化解掉了。

去看父亲的时候，我从不买东西，只是塞给父亲一点儿钱。之后，我们父子便甜蜜地笑了起来。

我知道，父亲在二妹的照顾下过得还好，我知道他不缺什么，但是，买药的钱总应该是不够的罢。

在父亲那里我待的时间并不长。父亲毕竟是个病人。

每当我要离开的时候，二妹便唠唠叨叨地说："三哥，你想吃什么就吃什么，都这么大岁数了，如果家里不给你做，你就到饭店去吃，要俩菜，要一瓶啤酒，也不贵。"听妹妹的口气，好像她的哥哥在家里受了多大委屈似的。也可能是她觉得母亲不在了，才说这样的话。

我说："好的，好的。"

离开父亲的家，走下楼去，走到万头攒动的街上，心里总泛起一股莫名的凄凉。老父亲已经八十多岁了，倘若哪一日天不假年，我这手中的钥匙不就没用了吗？到了那时，其情将何以堪呢？

02

土地之恋

乡愁若酒，酿的时间越长就愈发醇香。

毕竟生于斯，长于斯，自然就会恋于斯。

「悠悠天宇旷，切切故乡情。」

乡愁几乎成了一个人的影子，永生相随。

老伴儿突发奇想，要在院子里建一个亭子。亭台楼阁，古之传统，倒也无可非议。然而对我而言，亭子是既无所谓有，也无所谓无的。我历经人生多年，已然对生活要求不高。只要自家院子里有一把藤椅，一个凳子放茶壶、茶碗儿和闲书，足矣。试想，半卧在藤椅上晒晒太阳、看看书，累了，仰头看看天上的浮云。夫复何求？老伴儿却认为我这是一种颓废。

她倒是对生活充满活力，充满希望，充满梦想，纯粹一个不知疲倦的逐梦者，总是希望把自家小院儿搞得井井有条，好上加好，种上黄瓜、柿子、豆角、苦瓜、丝瓜，以及各种花草，这不仅是她想要的生活，也方便家人在节假日来小院儿聚餐、烧烤、喝酒，拍一些照片发到朋友圈去。只是这些"贝勒爷"和"格格"们痛快地吃喝玩乐一天之后，便作鸟兽散了，剩下两个老人开始收拾残局。斯情斯境，苦乐自知也。是啊，生活就是一门妥协的艺术。更何况，对下一代的妥协是天下所有老人共同的特点。

我家的小院儿在一栋六层住宅楼的一层，因地处城乡接合部，一层住户都有一个院子，于是，侍弄院子几乎成了大家的"必修课"，比赛与创新是永恒的主题。既然老伴儿要建一个简单的凉亭，那就建吧。只是这要占去小菜园东侧的一块土地，还要事先做地面处理。朋友开了一家装修公司，他在电话里客气地说："有啥事儿您指示就行了，明天我就安排王师傅过去弄，小事儿。"

翌日，王师傅来了。他看上去不足五十岁，中等个儿，很结实，也很憨厚。王师傅一进院儿就把目光聚焦在我的菜地上，那样子似是故人相见。巡视了一遍之后，他皱着眉头说："叔，你这个垄不能这么浅，长一长，菜根儿就露出来了。另外，苗和苗的间距也太宽了，再窄一点儿就好了。"我告诉他，这是一位农业专家告诉我的，要每隔四十厘米种一棵苗。王师傅说："他指的是大地吧？小院儿种菜，间距二十厘米或者二十五厘米，顶多三十厘米就够了。太宽了，你少种多少菜呀！还有，你备的垄太低了，要'浅种深蹚'才好。"那神情，那语气，那个专注的劲儿，似乎他不是来建亭子，而是来检查我家菜园的种植情况。接着，他二话不说，抄起旁边的锄头就替我备起垄来，一边说："叔，这个地多硬啊，地这么硬，菜苗钻不出来呀！"他边备垄^①边把土块敲碎。这样熟练地精耕细作，不消说，王师傅是个种地的老把式。

我家的小菜园本就不大，王师傅很快就备完了垄。自来熟的老伴

---

① 备垄：指在播种前对农田进行整理，将土地堆成一条条隆起的土埂（即"垄"），以便后续种植作物。

儿说："王师傅,我想在花坛上种点儿生菜、香菜和小葱,平时吃个蘸酱菜啥的也方便。您再帮我看看呗。"他说："婶子,我先把亭子的地整好了的。"接下来,王师傅开始平整土地,做硬化处理。我则给他沏好了茶备着,然后一边看他干活一边跟他聊天。王师傅告诉我,他家有几十亩地,都已经包出去了,这样他就可以出来打打工,挣点儿钱,给儿子盖房子结婚。"这一晃啊,干了有二十多年了。刚开始给砖厂拉砖,还专门买了一台四轮子①。早期的四轮子不行,从砖厂到火车站的道也不好,下雨天泥头拐杖②的,贼③不好走,车子经常坏。"我说:"那可挺扎心的。"他说:"没事儿,坏了我自己修。人呐,干什么事儿就得琢磨,琢磨琢磨就会弄了。我现在修车是没问题了。"我问:"拉砖能挣多少钱呢?"王师傅告诉我他一天得拉八趟砖,一趟挣七块钱。我说:"才七块钱,少了点儿吧?"王师傅温厚地一笑:"那是2000年以前,一天能挣五十六块钱呢!一个月下来你算算。"他说那些年除了拉砖,其他好多活儿他都干过,汽车修理工、瓦工、木工、电工、水暖工、油漆工,他全会。

跟我聊天的时候,王师傅注意到小菜园的黄瓜垄上有好几棵西葫芦苗。王师傅说:"叔,你种这么多西葫芦干啥么?"我说:"我买的是黄瓜苗哇!怎么,是西葫芦呀?"王师傅说:"西葫芦一长起来铺散满地,我看留两棵就行,当玩儿了,其他的都拔了吧,再补种几棵黄瓜苗。"我问:"这时候还能买着黄瓜苗吗?"王师傅说:"正好今天万宝镇有集,到那儿去买,估计能有。明天就是芒种了,老话说'过了芒

① 四轮子:在这里指一种小型农用货车。
② 泥头拐杖:东北方言,形容人或物沾满泥水、脏兮兮的样子。
③ 贼:"很,非常"的意思。

种，不可强种'，今天是最后一天，快去吧。"于是，老伴儿立马开车去买黄瓜苗。

万宝镇离我这儿往返需四十分钟。老伴儿不但买了黄瓜苗，还买了两捆小葱。

趁着歇气儿的工夫，王师傅对老伴儿建议："你在亭子这块地的边儿上留一垄地，种点儿小葱、苦瓜什么的多好。"老伴儿兴奋地说："太好了！"她是恨不得把全世界所有的菜苗都种上，已然忘掉了自家的地有多大了。我提醒她，她却很"文化"地说："忘我才是人生的最佳状态。""婶子，你先挑些细嫩的葱，再把根儿上的长须子剪掉。"王师傅说完，挖了一个小垄沟，灌满水，再把小葱每隔三厘米摆上一棵。他告诉我老伴儿："先不要培土。等它们都站立起来了，你再往上培土。记住，不要把刚长出来的小嫩芽埋上。这土呢，得一点点儿添，你埋土埋得越深，葱白儿就越长、越粗。"

王师傅边挖沟边对我说："叔，你看你家的土多好，还有蚯蚓呢。"我问："是不是有蚯蚓就说明土质好？""对呀，蚯蚓像人一样也得吃啊，土好它才有得吃呀。"王师傅说完又吩咐我老伴儿："婶子，你不是要在花台上种菜吗？你现在先筛土吧。"老伴儿有些吃惊："这土还得筛呀？"他说："对，土得筛呀，不然你撒上籽儿它能长出来吗？"我们家没筛子，于是老伴儿再次开车去买筛子。

王师傅继续平整地面。我发现，他是一个做事极认真的人，这可能是他多年养成的职业习惯。王师傅把平整土地时挖出的多余黑土，一锹一锹地填到东边的菜地里。他说："这土多好啊，可别白瞎了。"他往返了几十次，看看都觉得累人。

接着，王师傅用手把那些土块儿捏碎，即便是一个花生粒儿大小

02
土地之恋

的也捏得粉碎。我注意到，他似乎不是在捏土块儿，而是在跟它们深情地交流。他的嘴里还喃喃细语着，好像在说："我把土弄得松一点儿、细一点儿，你们长的时候就舒服多了。"好像这土地是有灵魂的、有感情的，完全听得懂似的。他在自言自语时，我看到他眼睛里那柔柔的光，那发自灵魂的深情是那么慈爱，让人想起父爱和母爱。他完全忘了小院子的主人是谁，似乎是在和远方归来的亲人喃喃细语。

而后，王师傅一边捏土块儿一边教我种菜该怎样施肥，怎样培土，怎样打枝杈……我不由得想到诗人艾青的诗句，可套用一下：为什么他的脸上常常洋溢着幸福？因为他对这土地爱得深沉……是啊，这便是一个农民对土地的尊敬，对土地的爱和呵护。

这又让我想起有一阵子，常在江边看到一位老人，他总是久久地坐在长椅上发呆。一次，我问他怎么一个人待在这儿，他长叹道："因为没啥事儿啊！"老人告诉我，他原来住在乡下，有地有园子，现在进了城，住在姑娘家，啥都没有喽——说着，他的眼泪竟唰地流了下来。这让我吃了一惊。是啊，农民将一生的情感都寄托在土地上了，尤其对老一辈来说，离开了土地就像鱼离开了水。他们可能不太知道唐诗宋词，但是农业这本经已经融入他们的骨髓。我们常说"衣食父母"，那么，谁是我们的衣食父母呢？农民。没有农民，就没有我们这个国家灿烂的五千年文明。正是农民，让中华儿女得以繁衍生息。

下午，王师傅就把建亭子的那块地都平整好了，并铺上了石板。他说："瞅着天是要下雨呀。有塑料布没有？得把地面儿罩上。"老伴儿开玩笑说："王师傅，求求你，能不能一次把话说完呀？"王师傅说："对了，婶子，再买一把笤帚，你家这个塑料笤帚太软。买那种高粱秆扎的最好，要不然这些残土你扫不净。"接着，王师傅开始清扫院子里的残土和垃圾，仔细把它们装到袋子里，而后扛着袋子扔到了垃圾站。

　　这时，天果真下起了大雨。王师傅仰头看着天说："哎呀，这雨下得有点早啊，常言道'有钱难买五月旱，六月连阴吃饱饭'。"是啊，风雨雷电、阴晴冷暖，无时无刻不牵动着农民的心呐。

　　开车送王师傅回家的路上，我问："王师傅，你从早干到晚，不累吗?"他说："叔，人干点儿活儿好。长寿。"

　　大哉，师者，我之楷模。

人在工会，练习摄影

罪鱼大马哈

现在哈尔滨大街小巷的小饭馆里，推出了一种当地人喜闻乐见，同时又很便宜的套餐。便宜就吸引人。去吃的人不少，尤以中年人居多。这带有时尚性质的套餐内容颇简单，主要有大饼子、咸鱼和疙瘩汤，总计十块钱左右。

套餐中的大饼子一般都是切成片，然后用豆油炸，炸成本地人喜闻乐见的那种外酥里嫩的样子，而且这一炸，玉米的香味就飘出来了。

鱼，一般都是大马哈鱼，有干炸的，有腌的，也有蒸的，味道都差不多。一般来说，蒸的更好吃一些，放些调料和豆油，很嫩，很香。

黑龙江流域是我国大马哈鱼的主要产地之一。这种鱼很名贵，而且产量日益减少。我去过出产大马哈鱼的地方，在黑龙江东部的乌苏里江"抓吉"[1]。每年十月，大马哈鱼从遥远的太平洋

① 抓吉：全称抓吉赫哲村，位于黑龙江省抚远市乌苏镇，是我国赫哲族的聚居地之一。

02
土地之恋

北部的白令海峡日夜兼程地游回来（但它们是绝不会想到大饼子、咸鱼和疙瘩汤这份套餐的），行程几千公里。

传说它们是一批犯了罪的鱼，被麻特哈鱼押解到这里来处死。《清代通史》记载"东北海口有大鱼，长二丈，大数围，头有孔，行如江豚之涉波，孔中喷水高一二丈，訇然有声，闻数里，黑斤①、济勒尔待人，通称麻特哈。传谓此鱼奉海神之命，送鱼入江，以裕我民食"，"八月，送答林哈鱼（即大马哈鱼）入江"，又说"答林哈鱼产于江中，长成于海，复回江河而死，其寿命只一年。每当暮春江河冰解，小鱼即乘流入海，得咸淡混水，长大甚速。立秋后，辄又不食，逆流而上，母鱼啮雄鱼之尾，俗称'咬殉'，昼夜追接，惟值江中滩石，则泳游不去，俗称'殉场'。渔者于此恒多获焉"。倘若是母鱼，还要在这里产下自己的子，然后再死掉。情节是很悲怆的。

它们自毙的地方就在乌苏里江口附近。乌苏里江是中俄界河，这边是中国的乌苏镇，那边是俄罗斯的大赫黑契尔山。乌苏里江是蓝色的，非常之纯净。但是，这种怡人的时节，正是捕捞大马哈鱼的时候，而且必须昼夜挑灯干。堵在大马哈鱼的入口处，一条船一条船地上，像封锁线似的。镇政府规定每条船只能打一网，可这一网就是几百斤哪。我问过当地的负责人，他说，也得让大马哈鱼有个活路，好产子。

先前并不是这样，至少在清代不是这样捕鱼的。清代当地人捕鱼，"于江边水深数尺处，多置木桩，长二三丈，或四五丈，亦有作栅形，独虚沿江一面者，又曰'闷杠'，于水面下击以袋网，日乘小舟取之。每一闷杠可得鱼数千斤，又可以围网，或撒网，一举可得数百斤不等。载回小舟，举家各持小刀，临流割之，鱼分四片，穿以柳条枝，加藏

① 黑斤：即赫哲族人。

之，作御冬之旨蓄"。

听说邻国俄罗斯那边对捕鱼也有严格的限制，捕到一定数量就不允许再捕了。也是考虑让大马哈鱼产子，以保持大马哈鱼的数量不减。所谓"子"，就是大马哈鱼子。这东西金黄色，晶莹剔透，像玛瑙一样好看，有黄豆粒大小，营养价值很高。我在西餐馆吃过。在西餐馆里，要鱼子酱，服务员送上一碟，量很少，百十粒而已，是腌过的，然色泽不变。吃的时候，先用餐刀把奶油抹在面包片上，再抹上一层甜草莓酱，之后，小心翼翼地用餐刀铲几粒大马哈鱼子，抹在面包片上，用手端着吃，或者再用一片面包合起来一夹，像吃热狗那样，都行，都不显得外行。但鱼子酱到了嘴里，怎么说呢，感觉不出什么特别的好来，反而有一股腥味。为了消除这种令人不快的腥味，一般都弄几根洋葱丝放在嘴里一块儿嚼。我想，这也是西餐中为什么总有生洋葱丝的缘故罢。

后来，偶然看到一位荷兰学者的研究，每日进食一盎司[1]的鱼肉可使心脏病的风险降低百分之五十，这是其一；其二，美国哈佛大学医学院心血管疾病专家维克特教授的研究表明，每天吃半个生洋葱可使大多数患有胆固醇代谢紊乱疾病或心脏病的人的 HDL[2] 水平升高百分之三十。这位教授指出，洋葱一旦加热，其作用便大大降低了，所以要吃就吃生洋葱。如果你吃不下半个，随你吃多少，因为只要吃就会有效果。至此，我才弄明白大马哈鱼子就洋葱丝吃的奥秘所在。

早在二十世纪六七十年代，中国曾一度大量地向日本出口漂亮的大马哈鱼子酱。出口的时候，咱们都是用大罐头瓶子装的，马马虎虎

① 盎司：英美制质量或重量单位，1盎司等于1/16磅，合28.35克。
② HDL：中文全称为高密度脂蛋白，它主要由肝脏合成，属于血脂的一种，由磷脂、载脂蛋白和胆固醇以及少量的脂肪酸组成，是一种抗动脉粥样硬化的脂蛋白。

的样子。货到了日本，情况就变了。人家把大瓶子打开，仔仔细细地分装在若干个精美的小瓶子里，一小瓶仅装百十粒而已，再卖，一小瓶的价格比中国一大瓶子的鱼子酱贵出十几倍。中国人真是憨厚，尤其是中国的东北人，更憨厚。

其实，乌苏里江还出产一种比大马哈鱼子更珍贵的鱼子酱，就是鲟鳇鱼子酱。这种鱼子酱是黑色的，比高粱米粒儿小一点，吃在嘴里很咸，除了腥，还有一股浓烈的胶皮轮胎味儿。鲟鳇鱼的肉还是很好吃的，清炖最好（做法：将鲟鳇鱼切成七厘米宽、九厘米长的肉块，放入盘中，加精盐腌渍二十分钟。姜、葱均切丝，蒜拍松，红辣椒洗净后切成细丝。下油烧至五成热，下葱丝、姜丝煸香。加鲜汤，下鱼块，放盐、糖、红辣椒、蒜瓣、味精，烧开后转小火炖二十五分钟即成）。

一个在三江平原工作的女作家曾送给我一瓶鲟鳇鱼子酱。为了尊重人家的好意，我还特意买来了与之配套的燕麦面包、草莓酱、奶油、洋葱，并精心做了一大锅"基辅红菜汤"。但效果并不好，餐桌上只有我一个人在坚持吃。

大马哈鱼的吃法听说也有很多种，但实践证明只有腌的最好吃，新鲜的吃起来比较麻烦。二十世纪七十年代伊始，我曾开车去过一次佳木斯的兵团总部，拉了一卡车面粉、豆油、猪油，还有不少大马哈鱼。当年这些东西都是禁运的，开出兵团的途中，各个卡子都必须要有相关的手续。没有的，扣留、没收。记得那次我们一共去了两辆卡车。拉上货后，基本上都是采取半夜撞卡子的方法，到了卡子，速度先慢下来，慢慢慢……到卡子跟前，忽地一家伙加速，跑掉。一路上用这种方法连着闯了好几道卡子。大抵是因为闯卡子有功，管事的后勤科长额外给了我七条大马哈鱼。

我听说用大马哈鱼肉包的饺子很好吃。那时候，家里只有我和我的内人两个人（第二代还在孕育当中）。我们两个一起动手，片鱼肉，剁馅子，干了起来，边干我还边给她讲长途闯关的一些趣事儿（我认为吃饭前的气氛也是很重要的）。大马哈鱼的鱼肉很厚，又没有刺，很好弄。然而没想到的是，饺子煮出来后难吃极了。事后反省，估计原因有二：一是不会弄，没章法；二是怎么弄也大体是这个味儿，只是一时吃不习惯而已。

剩下的几条大马哈鱼都用盐腌上了。时间一久，就忘了。偶一日，甘肃天水的一位亲戚托人捎来信说，非常想吃海咸鱼。这才猛地想起家里还腌了一大缸大马哈鱼呢。取出来一看，居然一丁点儿也没坏。顺手取出几块，上锅一蒸，一吃，呀！太美了。一时有点儿舍不得给甘肃的亲戚了。

当然，大马哈鱼还有许许多多的吃法，这里我就不一一介绍了。然而，如果想知道最原始的吃法，我劝您豁出去，去一趟乌苏里（我称那儿为"天堂"），可以保证您有新的斩获。

02
土地之恋

江虾

　　小时候，我的家就在松花江边上，离江水大约五六百米的样子。

　　我的家是一个俄式的小二楼，北面有一个铁栏雕花的小凉台，西边是山墙，还有一个很大的、木结构的、镶着木雕花边的大走台。站在那个小凉台上可以看见松花江：江面上的点点渔帆，以及刮风、下雨、下雪、电闪雷鸣之下的松花江的景象。因此，我在我的许多作品中总是要提到松花江。我对这条江的感情很深。

　　二十世纪五十年代末、六十年代初的松花江，同现在的松花江有极大的不同。当时的松花江江面很阔，野汉纵横，一泻千里，有一股雄性的东北人的剽悍劲儿。那时候，江里的鱼很多，鳊花、鲫花、鳌花，都是松花江的名鱼。我还因此写过诗："三花银鳞细，生拌野味香。飞箭唤鸿雁，煮酒话松江。"

除此之外，松花江里的鳖、龟、蛤蜊、虾也很多。站在泥泞的江边，如果是赤着脚要特别小心，要像工兵走雷区那样小心翼翼地走，免得被藏在淤泥里的蛤蜊壳划破了脚，以致血流如注。这种事是常发生的。

每逢松花江涨大水之后，水一退，住在江边的小孩子便结伙去江堤拾鱼。在江堤上有许多大大小小的土坑，大水退了，坑里的水也逐渐渗到地下，窝在水坑里的鱼都回不到江里去了，一坑的各种鱼一览无余。于是我们便找来柳条或者树枝，两人一组，把鱼拾起来，穿上，像动画片《小猫钓鱼》那样扛回家去平分。现在绝对没有这种事了。好像我们来自另一个星球，或者是我在说谎。

当时，松花江边的游人也是很少的，不似现在人满为患，让人窒息。那时，倘若一定要找出游人，顶多是几个一脑瓜子浪漫色彩的知识分子、眼睛里闪着稚气的小学教员、无家可归的流浪汉、与世无争的孤寡老人，以及个别滞留在中国的俄罗斯人。

俄罗斯游客一般都是一男一女，他们几乎是赤身裸体地躺在沙滩上，头上支个洋伞，旁边还有一些吃食和啤酒。欧洲人大量地进入这个城市后，除了建住宅、教堂、面粉厂之外，最重要的一件事就是建啤酒厂。欧洲人没有啤酒根本不行，他们热爱啤酒胜过热爱生命。有趣的是，当地的中国人抑或受了欧洲人的影响，也开始喜欢喝啤酒了。有首民谣说，哈尔滨人有几大怪：自行车把朝外，喝啤酒像灌溉。如果哈尔滨这座城市全城连续三天断啤酒，就可能会引起恐慌。这绝非危言耸听。

当时的松花江边除了上述这些游人之外，还有一些钓鱼的，所谓渔翁。

我小时候也常常去钓鱼，目的就是一个——玩，或者逃学，无所事事。钓鱼很好，还可以幻想点事儿，尤其是那些根本不可能实现的事儿，在放纵的幻想中实现了，很愉快。

在江边钓鱼的人差不多都是挨着的。挨在我身边的，是一个俄罗斯人，看上去挺有风度的。我们后来就聊了起来，他告诉我他叫伊凡，是个建筑师。他问我为什么不上学，我笑嘻嘻地告诉他，逃学了。我说："我不喜欢上学，喜欢钓鱼。"他马上向我竖起了大拇指，表示赞赏。可能他在心里想，反正是中国小孩儿，学习再好也不会去建设他们国家。而我之所以能跟他实话实说，也是因为他是一个外国人。

他很快钓上来一条小草根。钓上来之后，他用小刀刮净了鳞，直接放到嘴里嚼着吃。

俄罗斯人太不可思议了。

我问他："好吃吗?"

他说："好吃。"

就这样，只要是钓上来的小鱼崽儿，他都这么吃掉。我一条也没敢吃，觉得受不了。

一次，我去抓吉，看见一个老头坐在江边看晚霞。乌苏里江上的晚霞多姿多彩。我常想，一个人热爱大自然常常是从热爱晚霞开始的。那个老头的身边放着一个小铁桶。我远远地看见他不断地从小桶里拿起什么，放到嘴里吃。我便走了过去，低头往桶里一看，原来是一些活着的、在桶里游来游去的小鱼苗。老头是拿这些小鱼苗当零嘴吃的。

老头见我看桶里的"吃食"，向我做了一个请的动作。于是我坐下来，把手伸到铁桶里抓了一条放到嘴里，一嚼，嗞儿一声，蛮有意思的，很鲜，不腥。只要吃上头一条就会想着吃第二条。

老头告诉我，赫哲族渔民几辈子都是喜欢吃生鱼的。他说，吃生鱼有营养，长力气，不得病，要经常吃才行。这使我想起来那个俄罗斯人的身体，的确壮得像一头狗熊。

人要身体好，不光要吃鱼，还要吃活虾。到现在，我仍然比较喜欢吃活虾。《北户录》说大虾的肉可脍，其实小虾的肉也可以生吃。袁枚《随园食单》中的醉虾也很好，其做法是"带壳用酒炙黄捞起，加清酱、米醋煨之，用碗闷之。临食放盘中，其壳俱酥"。至于它有怎样的营养，我还说不太好，但至少是一种回忆。后来我查了一下《本草纲目》，上面说得比较详细："虾音霞，俗作虾，入汤则红色如霞也。"又说"江湖出者大而色白，溪池出者小而色青。皆灿须，背有断节，尾有硬鳞，多足而好跃，其肠属脑，其子在腹外。凡有数种：米虾、糠虾，以精粗名也，青虾、白虾，以色名也……"，而且告诫后人说"无须及腹下通黑，并煮之色白者，不可食"。这些虾主治"五野鸡病，小儿赤白浮肿"，大致是这么个意思了。重要的一点似乎没说，虾也可以辅助治疗小儿软骨症。这是我的经验。

当时松花江的渔船还是很多的（现在几乎绝迹）。渔船靠岸之后，渔民把打的鱼一筐一筐地搬到岸上。剩在船舱底下的那一层小虾就不要了（现在就不可能，现在的虾三四十块钱一斤）。于是，我把书包里的书全部取出来，用草编成绳，把书捆上，然后到船上去，把船底的虾收到书包里，带回家。

我母亲把虾洗净，再和上一点面粉，加上胡萝卜丝、盐，然后放到油锅里一炸。我的大妹妹小时候得了软骨病（罗圈腿），就是吃我弄的江虾，情况得到了很大改善。

所以我喜欢吃虾，除了怀念我的母亲，也觉得自己尽到了一个做哥哥的责任。

02 土地之恋

多年来，我的心中珍藏着一个梦想。

于是，每当这座城市初沐冬雪的日子，我是一定要出去踏雪的。

须知，小小庶民，接受一次雪的洗礼和天泽的滋润，也算是对一节一岁乃至往日种种辛劳的一次敬礼、一次神圣的祭拜。在漫天的雪幕之中，还可以对未来做一次神圣的祝福与祈祷。

进行一次人与自然的别样对话，难道不是一个天大的造化么？

"雪飞当梦蝶，风度几惊人。"雪就那样款款地下着，伸向城市远处的街树迷蒙了，参差而栉比的房舍迷蒙了，汽车与行人迷蒙了，而你——这个专门出来踏雪的人，连同你踏雪中喃喃的细语与童稚的梦呓也迷蒙了。在这画般的迷蒙、诗般的迷蒙、魂灵的迷蒙之中，你的心界里，倏忽间生面别开，派生出许多新的欲望和鼓荡如风的冲动，让你的灵魂如飘雪般地舞蹈起来，欲罢不能。

你多年的梦想便再次在飘雪中清晰地显现出来。

曾几何时，站在雪覆的十里长堤上，凭栏眺望，那条已成乳白色大玉的松花江，空空荡荡，一任夹雪的天风肆意横吹。"可怜江上雪，回风起复灭。"雪舞冰啸，昏鸦瑟瑟，有不尽的荒凉呵。仰天长啸之中，让你这个踏雪的来客把栏杆拍遍了。

你伸出手来，精巧的雪花一片儿，一片儿，落在你展开的手心上——是啊，这纤美如翼的雪花里，一直蕴藏着你的那个梦想呵……

人间岁月堂堂去，忽如一夜仙人来。鲜冰玉凝，江天大改矣。但见，玉宇琼楼、雪域高原、老城故景、埃及神像，参差错落，纷至沓来。天上神工，人间鬼斧，各施魔法，引八千里银波于江渚之畔，筑琼楼玉宇于十里雪乡之间；还邀西天大佛莅临，乐呵呵，天遂人愿，尽在雅趣之中；也请圣诞老人光顾，笑吟吟，南宾北客，都是祝福之列。佳境连环，美景如画。另有雪上飞将、冰上陀螺、农家宅院、妙味小吃、祖上生计、土著集锦、胡人游戏、绅士舞蹈、俄国芭蕾、传统演艺、民间小曲、模特风情、白领休闲、雪地热饮、狗拉爬犁、凿冰野钓、珍禽异兽、龙蛇共舞，惊冬天里的春天，叹今天里的未来……可谓是赏之不尽，品之不绝。

路转峰回，洞天大开。更有白雪公主、寿星老人、当代英模、古代圣贤龙腾虎跃赶至这里，做冰人冰兽，一任八方游客品评拍照。纵然有千手千眼，也让你目不暇接、足不暇至了。

隔岸相观，玉川如昼，笑语欢声，人来人往，俨然雪市蜃楼。其版图之辽阔，构筑之奇绝，苍天之下，四海之内，唯此为大。

一时间，让你这个踏雪之人不知今夕是何夕了——

......

记得刚刚读中学的时候，与南方的同学通信，那边的同学回信说，让我给她寄一片哈尔滨的雪花……

然而，落在我手心上的雪花，却一片儿、一片儿地融化了……

我至今也未能满足她的这个美丽的要求，圆她这个多年的梦呵。

少时的同学，我能邀请你到哈尔滨来吗？让我们相会在雪市蜃楼——神奇的冰雪大世界吧。

纸短情长话冰城

　　哈尔滨火"出圈"了。天南地北、长城内外的老老少少、俊男靓女，"小土豆""小砂糖橘"，都兴冲冲地往哈尔滨奔。哈尔滨那么冷，零下二三十摄氏度，却愣没把外地游客吓住，就像莎士比亚说的"不惧寒风凛冽"，人们一心要来冰城一睹冰雪世界的奇特与美妙。

　　说到哈尔滨的冰雪，不能不说到冰灯。用一个铁桶，灌上水，放在外头冻，但别冻实了，外边一层冻成冰后，就把里面的水倒出来，然后在空的冰壳子里放上蜡，点着它——这就是最原始的冰灯。先前，车老板子①赶夜路，会把冰灯放在马车上用来照明。店铺、饭馆、旅店门口也总有冰灯，上面写着红字儿"饭馆""大车店""客栈""药铺"等，用来招徕客人。那个年月哪儿有电啊，冰灯便是指路明灯。对归乡的游子来

---

① 车老板子：即车把式，俗称"赶大车的"。

说，那一盏盏冰灯哟，就是家，家里有日夜思念的父母、老婆、孩子。往家赶，老远看见那晶莹剔透的冰灯，两行热泪就下来了。逢年过节，家家户户都要做一个冰灯放在自己家的小院子里，灯面上贴上"福"字，多喜庆、多吉祥啊。红光四射的冰灯就是"年神"，它不仅召唤着自己的亲人，也温暖着来自五湖四海的游人。

我念小学的时候，哈尔滨的兆麟公园就开始举办冰灯游园会了。我家离兆麟公园不到五百米，跳过围栏，便置身于童话般的世界了。那时候的冰灯简单而又精巧。参差错落的冰灯，有的里头是空的，装着水，小鱼儿在里面游，外面绕着小彩灯，一闪一闪的，把孩子的魂儿都吸走了。

至于雪雕，它最早是行路人的"安全屋"。"大烟炮"①来了，又赶上零下五十多摄氏度的气温，是能冻死人的。行路人赶紧在雪地里掏一个雪窝子钻进去，既可躲避"大烟炮"的袭击，还可用来"打小宿"②。雪人算是最简单的一种雪雕。先前，寻常百姓大多住平房，大雪纷飞的腊月里，每座院子里都有一个大人孩子齐心协力堆的雪人，雪人鼻子的那个位置插一根胡萝卜。雪人哟，一看见它，就仿佛进入时光隧道，回到了童年。

在这座银装素裹的城市里，冰灯雪雕无处不在，广场、街道、社区、学校，到处都有造型奇特的冰灯雪雕，一尊尊、一座座争奇斗艳，让天南地北的来客眼睛都不够使，这就是哈尔滨人创造的人间仙境。冰雪大世界是哈尔滨冰灯雪雕的集大成者。园子里的冰灯雪雕千姿百

①大烟炮：东北方言，特指北方冬季因强风卷起地面积雪形成的暴风雪天气。狂风裹挟着雪粒在空中翻腾，能见度极低，常伴随呼啸声，犹如"烟尘"与"炮火"交织般猛烈。
②打小宿：野外露营。

态、万种风情，都让冻得直淌清鼻涕的"小土豆"们挪不动步啦，谁能抵挡住这样的诱惑呢？还有一年一度的哈尔滨国际冰雪节，越办越美，越办越妙，越办越奇，越办越大，天上的琼楼玉宇都被挪到了哈尔滨，冰灯雪雕自然也是这个冰雪盛会上光彩夺目的主角。

冬天来哈尔滨，当然不能错过滑雪。别看我岁数大了，但我酷爱滑雪，一年不滑一场雪便浑身不自在，觉得这个冬天白瞎了。其实我滑雪的水平一般，通常只是选择平缓的雪道，像小燕儿似的掠过。回忆先前，小孩子大都蹬脚滑子。找一块跟自己脚差不多大的木板，下面镶上两根铁丝，然后用绳子绑在脚上，这就是"冰刀"了，滑起来嗖嗖的，仿佛在冰雪上飞翔。那个年代，家家都有一个雪爬犁或雪橇，就像当今人人都有手机一样，是生活之必需，买粮、买菜、买蜂窝煤，拉孩子上幼儿园，都用得上。我曾经在一篇文章里写道："一下雪，哈尔滨就变成了一座银色的城市，银色的树、银色的房子、银色的街道，到处都是银色的雪，太神奇了——更神奇的是，在这座银色的城市里，小孩子们大多蹬着脚滑子或者打出溜滑上学、放学。"

玩累了，饿了吧？下饭馆子去！在等着上菜的时候您别着急，来吃饭的游客太多了，借这个机会您可以先欣赏一下饭店窗玻璃上的霜花。那是自然的精灵所绘，千奇百怪，是散文的森林，是诗的海洋。之后，您再欣赏一下窗外纷纷扬扬飘落的鹅毛大雪。是啊，每一片雪花都是天降的书信，让人产生无限的遐思。念中学的时候，我经常和南方的学生通信，记得有个南方的小女生在来信中说："听说哈尔滨的雪花非常美，能给我寄来一片吗？"现在没问题了，在哈尔滨，由冰雪衍生的文创产品多的是，各种各样的雪花都有，您肯定能选出自己心仪的一枚。

该上菜了！说到驰名全国的东北菜，我首先推荐铁锅炖。铁锅炖的种类很多，比如得莫利炖鱼，用活的大鲤鱼或者大草根鱼，加粉条、大豆腐、尖椒一块儿炖。再就是大鹅炖土豆、排骨炖豆角、小鸡炖蘑菇，里头加上苞米、倭瓜、粉条、白菜……那个香啊，可劲儿造吧！再开几瓶啤酒——除了"冰城"，"中国啤酒之都"是哈尔滨的又一个美誉。如今，哈尔滨还有很多特色菜：老式熘肉段、新式锅包肉、新式㸆肘子、传统酸菜血肠白肉……哈尔滨是"火车拉来的城市"，自然也有西餐，比如罐焖羊肉、罐焖牛肉、铁扒鸡、法国煎蛋、奶汁鳜鱼。也不妨品尝一下西式快餐——快餐盒里有两片面包、几片红肠、一点奶酪和果酱、一两块酸黄瓜、一两个洋葱圈、一丢丢大马哈鱼子酱或者鲟鳇鱼子酱，外加一碗热乎乎的苏波汤。

吃饱了，喝足了，去中央大街逛逛吧。这条街上不仅有妙不可言的马迭尔冰棍，还有秋林大列巴、塞克、红肠、大茶肠，非常地道。走在中央大街的方石路上，可以欣赏街道两旁形形色色的建筑、雕塑和各种文艺表演。这里的每一座建筑都是有故事的，三天三夜也讲不完。"阳台音乐会"是这条街上的一个个空中小舞台，是这座城市的独创。中外艺术家们在这些阳台上表演世界名歌名曲，朗诵优美的诗歌散文。您可以买一个大冰糖葫芦或者烤羊肉串儿，边吃，边看，边尖叫，边鼓掌。这样热烈的艺术氛围，别处难寻。

有时候，我会走到中央大街的尽头，去看一看哈尔滨的母亲河——松花江。我对这条江有着极深厚的感情，年轻时就写过"三花银鳞细，生拌野味香"这样的诗句，"三花"即为江中的鳌花、鳊花、鲫花。每年的入冬时节或者开春以后，松花江上的冰排层层叠叠、浩浩荡荡地从上游往下游流去，那场面太壮观了。您若是一个喜欢逐冰

排而行的旅游达人，可以驱车追随着冰排一路奔向同江，那里是松花江和黑龙江的交汇处。

如今，我虽然不在哈尔滨常住，然而每年冬天都必须回去一趟，踩着冰雪，迎着西北风，去受一下冻，仿佛是一次灵魂的净化。正如一位诗人所说："因为这是我属于的地方，在松林、寂静和雪中。"

关于冰城哈尔滨，我总有说不尽的话。纸短情长，就此打住。

四五岁的时候，我随着父母从坡镇来到了哈尔滨这座城市，就住在中央大街北端辅路上的花圃街。先前，这条街叫商铺街；再往前，俗称渔市街。有趣的是，无论是哪一个街名，都已然成为这条街的历史影像了。

那时候，这条街上的人极少。二十世纪初，哈尔滨的城市人口也不过十几万，而其中二分之一以上的居住者是来自俄国和其他国家的侨民。文化、情感，连同乡愁从来都是紧紧地扭结在一起的。如此便造就了这座城市欧陆风格的底色。当初的哈尔滨无疑是一座花园城市，宁静、优雅，有风度，有文化，有气质。我曾写过的《哈尔滨人》《风流倜傥的哈尔滨》，包括后来的《他乡的中国》几本随笔集，也为央视撰写了大型纪录片《宽容的城市——哈尔滨》的解说词，虽然这些"资料"曾经被热爱哈尔滨城市的人们千百次地引用，但是每一本书，包括影视作品都是遗憾的艺术，其中重要的缺失，就是我没有写到哈尔滨的中央大街还是一条充满着艺术气质、有旋律的街。这让我略感不安。

我们常说，哈尔滨的中央大街是一座街上的建筑艺术博物馆，并且对这条街铺设的面包石称赞有加。记得我曾经在文章中介绍过，如果把修建这条街所有工序的综合费用平摊到每一块面包石上，一块面包石大约相当于一个银圆的造价。于是，后来有人称中央大街是一条"金子铺成的街"。是啊，我就是在这条金光闪闪的大街上走过了半个多世纪的沧桑岁月。

当然，我只是徜徉在这条街上的其中一人，在这街上走过的人还有毛泽东同志的好朋友埃德加·斯诺，参加新政协筹备会议的何香凝、郭沫若、许德珩、丁玲、李济深、李德全、章乃器、洪深、田汉、沈钧儒、茅盾、许广平等。早年，刘少奇同志曾到哈尔滨指导铁路工厂的工人罢工运动，我便有理由推测少奇同志也曾经在这条街上有过短暂的停留。此外，革命先驱者瞿秋白，也曾经在哈尔滨逗留了两个月，就是在这座城市里，他第一次接触到俄文版的《国际歌》，并把它翻译成中文。从此，《国际歌》唱响全中国，成为激励中国革命者前仆后继，为民族解放而战斗的宝贵精神食粮。

活跃在这条街上的还有众多的热血青年，像哈尔滨地下党开办的口琴社，发展到二百余人，其中就有侯小古、姜椿芳、任震英等。据说，口琴社的成员经常在这条街上演奏《义勇军进行曲》《伏尔加船夫曲》《沈阳月》《开路先锋》《快乐的农夫》等曲目。后来，口琴社的十二名骨干成员被日本鬼子枪杀在圈儿河。

在这条街上展示自己才艺的还有红色艺术家塞克、金剑啸，以及我们称之为"西部歌王"的王洛宾。早年，王洛宾曾经在黑龙江的横道河子火车站工作。他经常乘火车到哈尔滨来，在圣索菲亚教堂前、在中央大街上、在松花江畔，他和中外乐友们一起演奏俄罗斯歌曲和世界名曲。作家萧红也曾经居住在中央大街辅街之一的商市街（今红霞街）上，她在那里有难忘的经历，写下了许多文章。

追本溯源，中央大街上浓郁的欧陆风情，与二十世纪上半叶欧洲发生的一系列社会动荡有关。圣彼得堡、莫斯科、基辅、巴黎、柏林、莱比锡、汉堡、米兰、华沙等城市的大批音乐家流亡到哈尔滨，他们在这座城市里创建了近三十所音乐学校，培养了大批优秀的中外青少年音乐人才。与此同时，这些外侨音乐家还在哈尔滨组建了交响乐团、歌剧团、合唱团、芭蕾舞团等专业院团，上演了许多经典作品。在这些音乐家中，有在世界上名噪一时的柏林爱乐乐团的首席小提琴家赫尔穆特·斯特恩，他曾经担任过老哈尔滨交响乐协会乐队的首席小提琴和音乐指导。还有大名鼎鼎的被誉为"神弓"的小提琴演奏家埃尔曼、著名音乐家夏里亚宾、马迭尔宾馆老板的儿子——青年钢琴家西蒙·卡斯普。尤其值得一提的是那位"拯救俄罗斯音乐"的大师格拉祖诺夫，他在哈尔滨创办了格拉祖诺夫高等音乐学校，除了教授乐器，还开办了歌剧班，设置音乐史、音乐理论等专业课程。他经常排练柴可夫斯基、贝多芬、莫扎特的乐曲，去商务俱乐部、铁路俱乐部演出。早在二十世纪初，那些流亡在哈尔滨的外国艺术家们就在哈尔滨上演了《天鹅湖》《黑桃皇后》《卡门》《浮士德》《费加罗的婚礼》《塞尔维亚的理发师》等世界著名剧作。毋庸置疑，这些演员、演奏家和歌唱家都是这条中央大街上的常客，他们让这条街显得那样的超凡脱俗、卓尔不群。

当然，我们也不会遗忘那些流亡在哈尔滨的普通而贫困的外国侨民。为了生计，他们就在这条街上拉手风琴、拉小提琴、吹黑管，一边抒发思乡之苦，一边卖艺以维持生计。他们经常演奏的曲子有《黑龙江的波涛》和《瓦夏，好瓦夏》。值得一提的是，有许多德国、日本的音乐教师，也在这条街和这条街的辅街上的某个院子里，专门教授中国的孩子小提琴、钢琴、萨克斯，培养了一批至今仍活跃在中国乐坛的演奏家。

新中国成立以后，新一代哈尔滨籍的文学家、艺术家活跃在文艺界。比如创作话剧《千万不要忘记》的丛深，创作长篇小说《雁飞塞北》的林予，创作电影《冰山上来客》和话剧《赫哲人的婚礼》的乌·白辛，花腔女高音歌唱家张权，男高音歌唱家郭颂……都是这条街上不可或缺的风景。

前些年，我曾经去过贝加尔湖畔那个叫乌兰乌德的小城。早年，俄国著名小说家契诃夫在那儿的一家小旅馆逗留了两天。后来，当地人就在小城最繁华的地段给他立了一尊塑像。如今那里已然成为游人必到的打卡地。所以，我生发了一个梦想，希望也能在中央大街上为与哈尔滨结缘的文学家、艺术家塑像，让人们更加了解这条大街的前世今生和她令人沉醉的艺术气质。

……

我选择在一个晚秋的清晨，又一次来到中央大街。这时节中央大街上的人很少，很清静，泛着晨露水色的面包石上，落满了绛红色和鹅黄色的糖槭树叶，像油画一样美，像诗一样迷人，让人陶醉啊。我缓缓地走在这条街上，无言地倾诉衷肠，两行清澈纯净的热泪从我的眼里悄然流下。

我爱这条伴我同行了半个多世纪的梦之路。

02
土地之恋

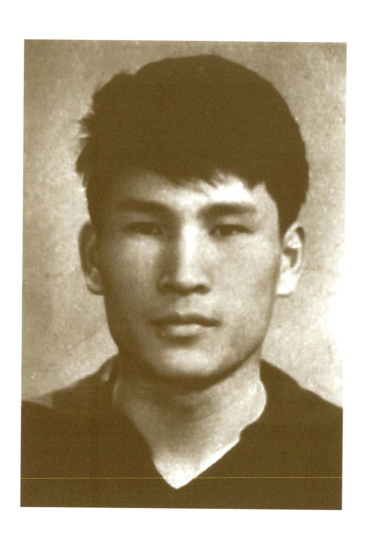

年轻真好

雨中的西餐厅

秋天的雨终觉得有点儿凉凉的。然而，中央大街上，在一街的雨脚下面，依旧是满满的游人。这大抵算是秋季里的别一种风景罢。

徜徉在湿淋淋的中央大街上，发现有两处夺人眼球的地方，一处是马迭尔冷饮厅，春夏秋冬，总是有人在那儿排队买冰棍儿。马迭尔的冰棍儿似乎在全国都有了名气。先前旅游业并不繁盛的时期，它只是一个地方品牌，听说现在在全国都设了分店。马迭尔的冰棍儿，我知道的有两种口味，一种是纯奶油的，另一种是咖啡加奶油的（据说现在又增加了好几种口味）。生意不错，即便是在寒冷的冬天也是如此。此外还有"南坎"汽水儿，这也是一个老品牌。倒不是说它怎样的特别与优秀，须知，"老"便是一种召唤哪。有些人，尤其是上了年纪的人，多是在吃一种回忆，是在品尝曾经的青葱岁月的甜蜜。马迭尔冷饮厅里面可能要更丰富一些，不仅有冰棍儿，还有各种各样的冰糕、面包、红肠、酸奶。马迭尔的酸奶，追本溯源，是纯粹的俄罗斯风味儿。一个小罐儿里装着大半凝脂般的酸奶，记得年轻时吃的时候要撒上砂糖，现在已经没有这个"程序"了，这不能不说是一种遗憾。人总要适应各种各样的遗憾，放下琐碎的包袱，去面对更好的未来。

中央大街上的另一个热闹之处，就是那家西餐厅。它在马迭尔宾馆的斜对过儿。西餐厅的门口也有外卖的摊子，一年四季，照例有人在那里排队买大列巴、枕头形面包、塞克和小甜面包。在那里排队购买的人总是不少于一二十个。若是晴天，相信排队的人会更多。街之东西的这两处，俨然天然成就，是并蒂莲，也是姐妹花，或者"PK"的对手。

虽说我徜徉在中央大街上，但是，并没有想过去西餐厅用餐。忽焉市井有言："走过，路过，不要错过！"还是进去看一看吧。人沧桑，事也沧桑。多年来，天可怜见，在下虽身为一介草民，却总对西餐情有独钟，历久弥新兮从未忘记。先前，几乎每年都去那里品尝一次。实话实说，可能是人变老啦，口味淡了，送到口里的味道总觉得今不如昔。然而转念一想，西餐厅毕竟是哈尔滨这座城市历经十年浩劫始终存在，并一直在营业的一家西餐馆，这本身就是一个奇迹。当然，说奇迹也并非奇迹，毕竟哈尔滨是一座移民城市，即便是在"文革"期间，依然有一些侨民没有离开这里。因此，即便是在我国的三年严重困难时期，当地政府仍照例拨给侨民牛奶、面包和红肠。在饥饿袭击着这座城市每一个人的时候，每天的大清早总有十几个侨民提着布兜子在西餐厅前排队，凭相关证件领取他们的那一份日餐。这一温暖的画面不仅是一座城市的品质、胸怀、格局、风度的体现，更是一种悲天悯人的人道主义和刻骨友谊的证明。

哈尔滨值得人们为之骄傲与自豪。

在"文革"期间，西餐厅仍在营业，因此我也得以有机会去那里用餐，自然是在发工资的日子里了。我喜欢那里的罐焖羊肉、铁扒鸡、法国煎蛋、白菜卷、红菜汤、黑面包、自腌的酸黄瓜和大马哈鱼子酱。记得那个盛酸黄瓜的大玻璃瓶子就放在柜台上，任顾客挑选。是啊，回忆也是一种诱惑。我决定进去品尝一下。不过，实话实说，这闪电般的岁月哟，有时候像一位滑稽的魔术师，冬去春来，你不知道它会变出什么来，又会变成什么样。故而我也并不抱怎样大的希望。

这些年来，由于旅游业的迅猛发展，哈尔滨这座被称为洋滋洋味儿的城市乘势而上，与时代同步，开了许多新的西餐厅，相继又恢复了几家老西餐厅。我虽节俭，倒也吃过其中的几家。或者是我的口味变了，或者是当代的西餐也发生了一些变化，我这个老食客难免有些不适应。虽然我并非一个挑剔的人，但是记忆里的味道永远是一个固执且苛刻的评判官。那么，这座老西餐厅又会变成什么样呢？实在是心里没有底呀。不过，总要试一试吧。

西餐厅两侧的卡座上基本坐满了人。先前可不是这样的布置，是在大堂里放了几张铺着白色餐布的餐桌。那个柜台呢？还在，只是盛酸黄瓜的大玻璃瓶子不见了。既来之，则安之。不用看菜单，我点了罐焖羊肉、法国煎蛋、软煎里脊、红菜汤，以及面包和果酱。我猜，铁扒鸡当然没有吧？果不其然。这也在预料之中。可能这个手艺几代下来已经丢掉了，也可能是这道菜的工艺太复杂也未可知。红菜汤的颜色很好，浅浅的一勺尝下来，味道也还不错，是记忆中的那个味道。当然，汤上面应该漂浮的一层乳白色的奶皮儿少了一点儿。不过这已经可以了。让我最担心的，也是最值得称道的，是我最喜欢吃的罐焖羊肉。我没想到上来的居然还是几十年前的老陶罐儿，那绛紫色的陶罐有些斑驳了。是啊，这小小的焖羊肉的罐子已经服务过几代人了，或者在大雪纷飞的冬天，或者在雷雨交加的日子里，那些来自高加索、西伯利亚、乌克兰、莫斯科和欧洲其他国家的侨民，以及俄裔犹太人、沙俄时代的贵族，还有那些普通的筑路工人，都曾在这餐馆里要上一份儿滚烫的罐焖羊肉或者是罐焖牛肉，这种高热量的食品不仅可以驱走体内的寒气，增加体力，亦可聊慰乡愁。吃饱了，呆呆地看着窗外的风景。餐馆外面的这条路修筑起来多难哪（在这些侨民眼里，窗外的中央大街俨然是一条艰难的回家之路）。即便是在今天，我们仍然可以从老照片里看到那些路面原本是何等泥泞啊，毕竟这是在滩涂上、在不断翻浆的冻土上修路，这样复杂的工程似乎并不亚于荷兰的围海造田。

罐焖羊肉的确是滋滋作响，冒着热气端上来的。我尝了一口，羊肉很烂，味道很正。里面有大辣椒块儿、洋葱和土豆块儿，这是对的。遗憾的是没有发现胡萝卜块儿，也没发现豌豆。好在味道依然是先前那个味道。对我而言，这已经是一个大大的意外了。说来也不必太刻薄。软煎里脊软硬适中，有自己独特的味道，即西餐的味道。只是上来的法国煎蛋和我先前吃的法国煎蛋并不一样，先前的法国煎蛋是放在一个亮晶晶平底儿的钢精锅里，滋滋作响端上来的。吃的时候，食客在上面撒上盐和黑胡椒粉，这样吃是享受一种原汁原味儿。而眼前的这道法国煎蛋显然是经过了改良，上面浇了用红肠丝调制的浓汁儿，这样做要复杂一些。平心而论，吃在口中或多或少有点儿困惑，不过味道还可以。当然，这要看对谁而言了。面包也不错，我终于吃到了

那种久违的酸味儿。只是果酱和奶油有些差强人意。奶油似乎是北京产的那种稀的甜奶油，而真正的奶油是硬硬的，即使用餐刀抹也要费些力气。果酱稀稀的，并非那种黏稠的草莓果酱。不过这已经可以了，我很满足。我在想，西餐厅之所以还保持着这种传统的西餐味道，是因为它近百年来始终在营业，手艺也一直在一代一代地传承着，并且坚持了自己的个性，尽管坚持得不那么彻底……

外面的秋雨还在凉凉地下着，漂亮的鱼脊式方石路上浮动着一街形形色色的伞，设若俯瞰下来，多像一条流动着的彩色河流。我撑着伞，听着噗噗落在伞布上俨然音乐般的雨声，款款地漫步在这条被我称为"金子铺成的中央大街"的方石路上，那些历史的影像倏忽而来，并在眼前次第展开。艰难也好，繁华也好，岁月总是充满着无数的变数和无数的机会，想想看，真是让人沉醉呵。

天赐的太阳岛

松花江北岸上的太阳岛，虽然同属哈尔滨这座城市，但它总是矜持地与繁华的城市中心保持着一定的距离，保持着一种天籁的品格、静思的个性、潇洒的风貌与超凡的神韵。特别是在红阳西悬、霞涛万顷之际，看客们从南岸隔江望去，在那轮巨大如血的晚阳之下，太阳岛神奇得如同熔化了的玛瑙泼地，与偌大的天宇瑰丽地融为一体，不分彼此。此时此刻的松花江，成了一条闪烁着亿万颗宝石之光的金色逝水，与舟帆、翔鸥、岛屿构成了一幅人间奇景。江南的老少看客会感到太阳岛确有天堂的气派和博大的襟怀。瞬时之间，凝望之人便有了脱胎换骨之感。

"太阳岛"不仅是天赐之名，也是一个充满美学与哲学意味的神奇箴言。多少年来，太阳岛始终是哈尔滨人心灵的圣地、精神的憩园、想象与遐思的翅膀、诗歌与爱情的乌托邦。于是，到

天赐的太阳岛

阿成

　　松花江北岸上的太阳岛，虽然同属哈尔滨这座城市，但它总是跟诗地繁华的城市中心保持着一定的距离，保持着一种天然的品格，那里的江北，淳厚的风貌与超凡而神的。将到这江那面去，须得万顷之际，我们从南岸踏江过去，在那轮巨大而红的晚阳之下，太阳岛神奇得如同熔化了的玻璃碎屑吧，与苍天与天际浑然地融为一体，不分彼此。北面附近到的松花江

《天赐的太阳岛》手稿

松花江边观赏太阳西浴的壮观景色，就成了这座城市市民最神圣的享受和圣洁的精神洗礼。中外的伟人、名人，在途经这座城市的时候，也同样会站在江之南岸，凭栏眺望这一人间胜景，默默无言地放飞自己的心语，于茫茫大造之前，感慨一个民族的卓越品质和大自然的神工鬼斧。这些人当中有周恩来、刘少奇、瞿秋白、邓颖超、罗章龙、李立三、朱自清，还有悻悻离哈的胡适先生……

我想，哈尔滨人之所以既务实又浪漫，既自信又谦逊，既豪爽又慎思，大抵与这一水之隔的太阳岛不无关联。风土与人情，自古以来，就是互为词曲，情同手足，既是文脉，也是血脉。

太阳岛上从来绝少宗祠庙堂、名人墨痕之类。这正是她的特别之处、不俗之处，更是她的天籁品格之一。太阳岛从一开始就呈现出了开放的姿态和包容的品质。她虽然不是名山名刹，但她却是大自然的一个缩影，本真地沟通着普通人与上苍的情感。她的神奇是自然的神奇，她的风情是自然的风情，她的梦想是自然的梦想，她的魅力是自然的魅力。而大自然永远是人类的图腾、本土的灵魂。因此，她不仅构成了这座城市的精神，而且赋予了哈尔滨人清新之风、活力之风和超凡之风。

到哈尔滨不看太阳岛的落日景观，终是一桩绝大的憾事。

年轻的时候，有很长的一段时间，我几乎天天不落地去江边观看岛上盛景、江上落日。我也曾多次买舟过江到太阳岛上休息。偶尔也坐在那个中型客轮似的江上餐厅里，眺望着隔江的城市。先前，这座江上餐厅叫米娘久尔餐厅，它顶部的栏杆和铁链使它更像一只停泊在岛上的西洋客船。当年，那些旅居哈尔滨的外国侨民避暑度假，就坐在这个江上餐厅，一边喝着冒着白沫子的乌卢布列夫斯基生啤酒和梭忌奴牌冰啤酒，一边欣赏江面上远行的客轮和驳船，欣赏着从江南亚道古布鲁水上餐厅（后改为游艇俱乐部）出发的千帆赛艇。岛之东侧，是那座将自己的影子倒映在江汉之中的圣尼古拉教堂。

……

每年的秋日，再忙，我也要过江去太阳岛一次，在那里选一静处小坐。一脸怡情，仰头追看天上南飞的雁阵，目送大江之上的千里帆樯。或者沿岛缓缓踱步，观赏秋之下的树木花草。偶尔，也能看到一位身着那种米色的、全英式猎装的猎手，带着轻快的猎狗从我身边神气地走过。夕阳金灿灿的，晃得人睁不开眼睛。准备夜钓的渔翁正在收集柴草，准备在夜半三更时拢火驱蚊、取暖。荡在江汉中的舢板已成黑色的剪影了，夏季的绿色也变成了老紫与杏黄。身置其中，心置其中，花香袭人，草气袭人，阵阵簌簌，姹紫嫣红地泊入心界，再由双眸漫至寥廓的西天。那一刹那让我顿然悟出，太阳岛之所以被谓为极乐的人间仙境，其实尽在一个"静"字上，静思与静境才是人间的极品，才是人生莫大的享受。南国的楼台亭阁、西北的古刹寺院，固然可成一赏，但比之造化无涯的天籁之境——太阳岛，终是逊之一筹。

四月里的期待

　　记得在青少年时期，我经常乘轮渡到江北的太阳岛去走一走。那里幽静，空气清新，对我来说无疑是一个解除疲惫、放松身心的上佳之地。人在江湖，或屈或伸地活在人群当中，身心的苦乐终究是寻常的事。林林总总的大千世界总有许多莫名的困惑、未知的压力和难言的痛，毕竟无法将这一切都对朋友、同事、内人以及儿女们倾诉。只有大自然才是你宽厚且仁慈的倾听者，她没有任何偏见，因此她是世界上，是生命史和文化史上最神圣的倾听者和抚慰者。

　　地处江北的太阳岛幽静安详。鸟儿们的啁啾俨然天宫的音乐，没有人打扰它们。早春的阳光明媚和煦，暖暖地、软软地、轻轻地铺在身上，令人沉醉。是啊，在喧嚣的都市、在网织的街区，若对周围的人说想一个人静一静，结果静是静了，但那只不过是斗室里的静，是机械的静，

是凝固的静，是蚕茧里的静。这种局促而狭小的静是无法排除你的愁绪、解开你的心结的。你只能像泪人补妆一样伪饰出一张坦然的笑脸，然后，再次走进人群。

眼下正是人间的四月。北国的四月、冰城的四月、哈尔滨的四月、"东方小巴黎"的四月、"远东莫斯科"的四月，正是春寒料峭的时节，放眼望去，似乎没有一点绿色。然而，树的枝条分明变柔了，轻轻地、婀娜地舞着，枝蔓上无数的叶苞让树蒙上了一层淡淡的绿，正伴随地下升腾的阳气，若有若无、似云似纱地飘浮在树林和灌木之中。若将清冷的空气含在嘴里，便会品出一丝丝的甜来。哦，春来了。十里长堤下等待解冻的大江，已然不是严冬里的模样了，灰蓝色冰封的江面已经绽出了无数细细的纹路，深深浅浅，层层叠叠，悄然地向四处绽放着。我知道，当春风越过万里长城，掠过这冰封的江面时，桃花水便会从绽裂的冰隙中涌上来，一簇一簇，泛然开去，很快布满整个江面。随后，桃花水下面厚厚的冰层开始崩裂，并发出美妙的、让人沉醉的脆响。一江春水又恢复了它固有的奔涌之势，浮载着无数冰排开始向东迁徙。我多么希望能够目睹跑冰排的壮美呵，那场面是何等的震撼，何等的剽悍，何等的美妙，是怎样的一番视觉享受啊！

我缓缓地漫步在小路上，榆树、槐树、柳树、核桃树、丁香树，不离不弃地与我结伴同行。我走上了那条百年前俄国人修建的方石路，欣赏着路两旁一幢幢俄罗斯风格的建筑。这些已然陈旧或者新建的仿俄式洋房，已与环境浑然成一体了，充满诗情画意。这里游人不多，三三两两，我觉得这三三两两的人是懂得享受自然之美的。停下脚步，手托一枝变柔了的枝条，看着上面着满小小的有序的褐色叶苞，你分明听到了生命正在每一根树枝上悄然地分娩着，它们正等待着春风的召唤，几乎瞬间就改变这岛上的颜色。

我知道，当春风涤荡这里的时候，当和煦的阳光抚耀这里的时候，这娇嫩的新绿会变成一件件偌大的霓裳，渐次缀满娇媚的小桃红、鹅黄色的玫瑰、多彩的刺槐，接着便是漫天遍野的紫色丁香花了。或是身临其境的缘故，倏忽间，想起鲁迅先生笔下的上野的樱花之美，日本国民称之为"樱花雨"。如此一来，吸引了全世界的人都想去看一看，感受一番在樱花下品酒漫谈的滋味。两相比较，暮春时节松花江两岸十里长堤婆娑不绝的小桃红，是名副其实的"桃花雨"了。千枝万朵的小桃红嫣红娇嫩，绽满枝丫，风轻轻一拂，或是不经意地一触，那粉红的花瓣便如雨如雪般地落了下来，斯境斯情毫不逊色于日本的樱花、荷兰的郁金香和法国紫色的薰衣草呵。

我继续向前缓缓地走着，视野里，空旷的太阳岛像一幅迷人的水彩画。追本溯源，哈尔滨人喜欢水彩画无疑是受到早年那些侨居于斯的俄罗斯画家的影响。他们的水彩画多是对自然的描绘，大到风光，小到花瓶，无一不沐浴着自然的恩泽。

漫步之中，心渐渐地沉静起来，头脑越发清爽，疲劳顿消，目光也变得锐利起来。这是大自然对我别样的恩赐呵。我看到路两旁几栋被闲置的漂亮的俄式单体楼，它们已然破败，然而从剥落的油漆和腐朽的窗棂上，依然能看到当年是何等的美，何等的高贵，何等的卓尔不群。它们被闲置在那里，静静的，静静的，或等待着死亡，或等待着重生。

这一路最让我痛心的莫过于曾经的工人疗养院了。这些纯粹的、宏大的俄式建筑是那么的美，那么的典雅，从整体到细节无一不是艺术的杰作。据说，疗养院已经被挪到了另外一个地方，有了一组崭新的建筑。于是，由偌大的草地、树丛、雕塑簇拥着的疗养院的主楼、俱乐部和办公楼，就静悄悄地闲置在那里，真的是让人心痛。为什么要闲置它呢？倏忽间，我联想到那座新建的哈尔滨大剧院。我曾经从它周边走过却没进去，或许是我对现代艺术还缺乏认识。之所以联想到这儿，是因为我在想，如果把这么大、这么漂亮的一组俄式建筑重新改造成一座音乐艺术学校，该多好啊！如此，那些零零散散落在城市各个角落的音乐艺术班就能得以整合，小孩子们也得以在这么美好的环境里得到艺术的熏陶。

哈尔滨是一座有着艺术传统与艺术传承的城市。世界上最优秀的歌剧、交响乐、舞台剧，甚至滑稽剧等都曾在这里上演；世界上顶级的艺术表演家和演奏家，都曾在哈尔滨这座城市演出。艺术不仅仅是至上之美，更是一面旗帜、一种无言的召唤。城市之魅力也不仅仅来自风光，还来自艺术气质。如同到维也纳，不仅仅是为了欣赏那座城市的特色建筑和贝多芬的雕像，还要去金色大厅听爱乐乐团的精彩演奏；到纽约也不仅仅是为了体验第五大道的繁华，还要到百老汇去欣赏世纪经典剧目的演出。这样才不虚此行。是啊，当年哈尔滨就是一座有旋律的城市，漫步街头，你每时每处都能听到从普通的民宅里传出来的小提琴、钢琴、大提琴、手风琴、长号、黑管的演奏。试想，世界上还有多少城市在这一点上可以跟哈尔滨媲美呢？我不禁浮想联翩：在哈尔滨，漫步在太阳岛的林荫道上，嗅着令人沉醉的紫丁香的香气，驻足观赏月光下银色的江水，听着从曾经的疗养院那充满风情的建筑里传来的乐曲，该是何等的享受！这才是哈尔滨的文化气质所在。

内人问我疗养院广场上的那个雕塑（现在已经消失了）是什么，

我告诉她，那是艺术之神。它曾经是哈尔滨的音乐之神，现在变得无依无靠，孤独且落满了灰尘，但是，它仍然保持着艺术的姿态和微笑的表情。

就在离开太阳岛后不久，我听说哈尔滨市政府正在征集关于太阳岛上闲置建筑如何利用的建议。善莫大焉，幸甚，幸甚！春天充满着希望，它总是能带来许多令人欣喜的消息。

美味辽西行

　　东北的辽宁、黑龙江、吉林，是兄弟省加姊妹亲。三省不但肌肤相亲，而且在我的印象当中，彼此的饮食习惯也应该差不多。然而不然，在我走进辽西走廊这条"东北亚丝绸之路"之后，才发现真的是"百里不同风，千里不同俗"。

　　在朝阳[1]的第一顿饭就给了我这样的感觉。例如那个叫"搁着"的菜。我原以为它就是东北的疙瘩汤，"搁着"与"疙瘩"同音。但当地的朋友纠正说，不是疙瘩汤，是"搁着"（也叫"搁豆子"），用绿豆面做的。百看不如一尝，舌头是美食的试金石呀。盛到碗里，端看稠稠的汤里面搁着的，是无数枚微型的小面片儿。大汤勺送到口里，品咂之中，觉得它类似河南的胡辣

---

① 朝阳：朝阳市是中国辽宁省下辖的地级市，位于辽宁省西北部。它是中国东北与中原地区政治、经济、文化交流的枢纽地带，是多民族的东北历史名城和历代塞外战略要地。

02
土地之雲

汤，可又不同，"搁着"更显实惠，喝着更舒服，香香的，类似老娘的手艺。

为啥叫"搁着"呢？这里面有个民间传说。说是某年某月慈禧到朝阳来，恰好下了一场秋雨，俗话说"一场秋雨一场寒"，当地的厨子便给老佛爷做了一碗热乎乎的面片儿汤，让老太太驱驱寒气。慈禧问厨子："这是什么呀？没瞧见过。"厨子不知道怎样回答，正当他搜索枯肠的时候，慈禧笑了笑说："那就搁这儿，下去吧。"从此这道面片汤就被称为"搁着"。那咱就别搁着了，吃吧。

再一款，是生拌角瓜①丝。我是一个喜欢做饭的人，喜欢了就会眼热，眼热了就会研究，研究了就会冲动，冲动了就会行动。可我还真是头一次见到角瓜丝这样的做法，简单得让人瞠目结舌。先把角瓜刨成极细极长的丝（这样才好看），然后浇上调料汁儿。转瞬之间，一道生拌角瓜丝就完成了。不仅看着爽眼，吃起来也很清香，脆脆的。小小的一道寻常菜做得如此大胆（过去我从未想过角瓜丝还可以生吃），如此有创意，又如此经济实惠，谁说东北人不精细？东北人精细的智慧由此可见一斑。

煎饼上来了，是小米面儿的煎饼。朝阳的小米儿好哇。当地的博物馆陈列着几千年前装粮食的瓮，里头的残留物经专家测定，是粟，就是小米。小米粥养胃也养人，喝了不仅舒服，还有一种温暖感、亲切感。说句玩笑话，喝了此粥，辽西汉子都瞬间变得和蔼可亲了。其实小米面儿的煎饼在东北并不足为奇，辽宁有，吉林和黑龙江也有。不同的是，辽西的这种能卷一切的煎饼，卷的不仅有东北风光的小嫩

---

① 角瓜：西葫芦。

葱、玉丝般的绿豆芽、香喷喷的炸大酱、黄泱泱的摊鸡蛋、咸香可口的酱驴肉，居然还有老咸菜条。虽说煎饼可以卷一切，可我从未想过咸菜条也可以卷在里面。不过转念一想，怪乎哉？不怪也。比如在我的山东老家，就有用咸菜包饺子的。为什么用咸菜包饺子呢？那时候穷，生活艰苦。既然咸菜都可以用来包饺子，那煎饼为啥不能卷咸菜条呢？说不好，这还是闯关东的山东人进入辽西走廊之后带来的"智慧结晶"。

接下来是酸菜卤的饸饹，里面还放了海蚬子和小螃蟹。辽宁靠海嘛。尝上一口，新鲜，别有风味儿。不过，辽西的饸饹还不是那种通常意义上的饸饹，它介于短面条和饸饹之间。是太小则欺世，太大则太俗？还是八方来聚的创业者的发明？太小了，与辽西人的性格不合；太大了，又有一点儿伤斯文。那么，这种大小兼顾的美食又是怎样来到辽西的呢？先前，有人称辽西是"漂泊者的家园"。所谓漂泊者，就是指闯关东到这里谋生的人。换句话说，到了这里就等于是到家了，不必再漂泊下去了。

新中国成立之后，在这里又发现了辽河大油田。天南地北的石油人聚集到辽西的盘锦，拓荒、创业，开发新油田，同时也把他们原居地的文化和美食带到了辽西走廊。那心心念念的家乡美食，可是石油人舌尖上的乡愁啊，是永远无法割舍的爱。

我在辽西走廊穿行的时候，常看到身强力壮的大汉、大姑娘和彬彬有礼的南方人，虽然他们说的是辽西话，但是依然带着各自家乡的口音。既然乡音可以随着岁月发生变化，美食必然也是啊。比如干煸芦笋，南滋北味，就是一个证明，此外还有盘锦的沙泉酸菜鱼、茼蒿素丸子、药膳焗南瓜、葱烧蘑菇（吃起来感觉像鲁菜中的葱烧海参，软糯可口）、驴肉蒸饺等。从这些丰富的、不断推陈出新的美味上看，显然经过一代又一代人的努力，新时代的辽西人已经过了"吃饱就是吃好"的年代了。离开辽西走廊，真是让人一步三回头哇。

雪　乡

　　这些年，我一直惦记着去雪乡看一看。毕竟是黑龙江人嘛，作为一个黑龙江人没去过雪乡，就如同法国人没到过凯旋门一样，那是终身的遗憾，是永远的跌份。苍天不负有心人。恰好某论坛主办方寄来了一张请柬，借此机会终于可以去雪乡了。

　　"雪乡"这个名字源自一位摄影家的作品之名。因这个名字太名副其实，太有个性与特色，于是广为流传，久而久之便没有人再叫它的原名——双峰林场了，都叫它雪乡。

　　去雪乡的路并不好走。先前一直以为它很近，个把小时就能到。其实不然，坐中巴去那里要走四个多小时呢。

　　参加完论坛活动之后，我们便踏上了去雪乡的路。

02
土地之恋

途中经过一小镇，大家就在那里解手[1]。小镇的面积虽然不大，但颇有地方风情，飘着红穗儿幌子的小馆子，挂着如"小河鱼""脊骨酸菜""尜尜火锅"之类的招牌，看上去非常馋人。什么叫"尜尜火锅"呢？往深里一想，乐了，原来"尜"是"转"的意思，比如打冰尜儿、抽冰尜儿，"尜尜火锅"不就是可以转的火锅么？可惜行色匆匆，只好收回妙想，继续上路。

中巴依山而转，路则全部是沙石路。车外的温度为零下三十多摄氏度。很冷，冻脚了——我已经有三十多年没冻脚了，这回又冻了，很感动，往事一下子涌进脑海，像在肚子里打翻了五味瓶。车上有两个上海人，冻得像两捆在寒风中瑟瑟发抖的稻草人（现在你该明白，这里的人为什么热爱喝酒了吧？御寒哪。外地人来了，也同样要喝上两口暖暖身子的）。但是，这两个上海人却说："这里绝对是旅游胜地！绝对！"都冻得淌鼻涕了，还胜地呢。足见此地之魅力。

许多年前，这条路其实是森林小火车的铁轨。当时日寇觊觎这里丰富至极的森林资源，役使民工日夜不停地伐树（当时的树更粗，最粗的，四个人手拉手都抱不过来），然后运往日本。现在小火车已经没有了。不过，有关部门有恢复它的打算——当然是为了旅游业的发展，让来此的游客有多重的感受，也算是别一种红色之旅吧。

一路的白桦树，一路的冰河，一路的大烟炮，心里幸福地"骂"了一道儿，这儿可真美呀。我为黑龙江，为雪乡而感到自豪。

雪乡终于到了。天老爷，这儿怎么这么大的雪哟，太大了，大雪几乎把小镇上所有的民房都淹没了，雪最深处可以没腰——人走到那里得像棕熊一样"游"在雪海里——那就是猎人的感觉。

---

① 解手：上厕所。

那么，这里为什么会有如此大的雪呢？有文化的人告诉大家说，从日本海吹来的热风与从伊尔库茨克吹来的冷风，二者在这里一交汇，就形成了中国最大的雪乡。又说，雪乡虽然面积不大，但弥足珍贵。

的确弥足珍贵。

雪乡只有一条主街，两旁是一些土房、木房。自打旅游业在这里一火，妥了，一幢幢民宅也成了小旅馆。那些一个个捂得像特种兵的游客躬身一打听，小旅馆管吃管住，一天一宿才五十块钱，而且木耳、蘑菇、大肉、枸杞，随便造^①，还免费提供花生、瓜子、冻梨等零食和水果。咋这么便宜呀！黑龙江人是不是有点儿太实在了？好客到宁可吃亏的程度。

到了雪乡，所有人都抢着拍照。特别是栅栏院前的那一盏盏红灯笼，吊在白色的雪乡里，美得让人沉醉。

然后坐雪爬犁。车老板子赶着马爬犁在雪路上狂奔（这是为什么呢？马儿你慢些走不好吗?），坐在狂奔的马爬犁上不害怕是不可能的。先前，抗日的队伍、老百姓都乘坐雪爬犁，都在狂奔。而今，则是为了刺激，为了体验，为了开怀。雪爬犁在狂奔、狂奔、狂奔。

狂奔之中，脸上戴的口罩已经冻得像铁板一样硬。听说这里还有雪地摩托，要想进山里冒险，可以选择它。我很想乘雪地摩托进山，听说那里的雪更厚，而且没人。只是时间不允许。看来，时间在更多的时候是人类的敌人哪。

大雪，是雪乡的真金白银，是宝贵的资源，是天降的粮食。雪在这里不仅是一种奇特的景观，也是土地与山林的保护神。为什么说是土地与山林的保护神呢？吃一吃这里的土豆你就知道了，这里的土豆

①造：吃。

02
土地之恋

甜丝丝的。为什么甜丝丝的？因为这里冬季漫长，植物种植期短，一年只种一次。不像江南，一年四季都种植农作物，什么地也受不了啊。这里的种植期只有短短的几个月，所以土质好，土质好土豆就好呵，而且是上品。雪还是这里的天然冰箱，将肉、豆腐、野物埋在雪里，永远保鲜，永远"绿色"。你看这里的乡民，个个都是那样的健康，那样的剽悍。他们咧嘴一笑，整个世界都被感染了。

所以，我爱雪乡。

去山里过年

　　春节的假日，我开始惦记着去小兴安岭林区看一看了。这样的情怀无疑跟我出生在山区有关。这件事说起来有些好笑，我居然有两个出生地：一个是父辈口中的出生地，说是在尚志市一面坡镇；另一个，则是户口簿上写着的出生地——牡丹江市横道河子镇。但无论是哪一个出生地，都在小兴安岭的范畴之内。乡愁若酒，酿的时间越长就愈发醇香。毕竟生于斯，长于斯，自然就会恋于斯。"悠悠天宇旷，切切故乡情。"乡愁几乎成了一个人的影子，永生相随。

　　时至今日，山区依然是最令我沉醉的地方。多少年来，我一直喜欢到森林里去看林业工人伐木。先前，伐木都是在冬季。天时地利，冬季伐木有诸多便利，往山下运输原木很方便。先从山顶到山坡下开出一条雪道，浇上水后便成了一条如同凝固了的瀑布一样的冰道，将伐下来的原木从冰道上顺下去，原木就会沿着蜿蜒的冰道一直滑到山脚下。对于那些特别粗大的原木，必须用老牛拖着从冰道上往下冲。在陡峭的地方，老牛拼尽全力，四蹄紧蹬着地面，拉着原木顺着冰道往下冲。这不知比滑雪运动危险多少倍！后面拖着一根粗大的原木，老牛稍有停顿就会被拖拽的原木撞伤，甚至撞死。场面非常惊险，如同上演与死神共舞的杂技，真是惊心动魄。

　　或许是生在严寒的地方，所以我喜欢严冬里的森林。林子里静悄悄的，雪很深，尤其是大深沟里的雪，可以把人完全埋没。不熟悉山道的人常常会被高山角、跳石塘①夺去生命。不是雪崩，胜似雪崩。不过，伐木工人对这里的一草一木、一山一水都非常熟悉。早些年，有不少伐木工人的老家或在山东，或在河北。在二十世纪六七十年代，他们过年回一趟老家是很麻烦的，先要坐森林小火车去大火车站，再坐上一天一夜的老式蒸汽机车到省城哈尔滨，在那里换车踏上回家的漫漫征途。如此的大费周章，有些伐木工人索性就不回去了，再加上冬季是伐木的黄金季节，还能多挣些工钱，干脆就在山里过年。既然是过年，伐木工人照例在窝棚或地窨子②的门上贴春联："深山老林迎新春　团圆喜庆迎福神"。也是要做冰灯的，好给福神引路。山里的冰灯就简单多了，将水桶装上水，放在外面冻，在中间的水还没有冻实的时候，扣过来倒掉水，一个冰灯就做成了。再把冰灯的外罩染成红色，在冰灯里点上松油火，特别喜庆，也特别暖人心。再点上一堆熊熊燃烧的篝火，年味儿就更充满了野性的美。伐木工人围坐在篝火边，

①跳石塘：大雪掩盖的深峡。
②地窨子：在地下挖出长方形土坑，再立起柱脚，架上高出地面的尖顶支架，覆盖兽皮、土或草而成的穴式房屋。

烤野兔、烤山鸡、烤狍子肉，边烤、边吃、边喝酒。有的人在腰间扎上一条红布带，或者假扮成女人，围着篝火扭大秧歌儿。在寂静的山林里，你很难想象传统文化的力量是那样深入人心，那样富有活力。

在窝棚或者地窨子里，我也曾和伐木工人抽着旱烟，喝着茶水，吃着冻梨、冻柿子、冻花红①，一起唠嗑。其实并没有什么固定的话题，说到哪儿就聊到哪儿，信马由缰，无拘无束，谁的话都不会掉在地上。有时候聊着聊着，眼睛变潮湿了。这是思乡的泪、思亲的泪，也是开心的泪。

按照山里人的传统，工长被称作"把头"。同我聊天儿的那位老把头，其实并不老，才四十多岁。因长年在酷寒的朔风下劳作，人才显得老了，脸像榆树皮一样记录着沧桑。

我问他："在山里过年，你们自己包饺子吃吗？"

老把头说："谁家过年不吃顿饺子？除夕的饺子是一定要吃的！"

我又问："是你们自己包吗？"

他说："当然了，山里没有女人。"

"那你们吃什么馅儿的饺子？鹿肉馅儿的，还是野猪肉馅儿的？"

"不，是红糖馅儿的。"

这让我大为吃惊："为什么吃红糖馅儿呢？山里可不缺肉啊！"

老把头说："这是李把头传下来的老规矩了。"

老把头说的李把头，是指清朝的封疆大吏李金镛②。当年作为封疆大吏，李金镛奉命在漠北一带勘察边界，有不少热血志士追随李金镛

---

①花红：别名小苹果、沙果，是一种蔷薇科、苹果属植物，果皮脆而韧，果肉黄白色，有清香味。

②李金镛（1835—1890）：清末官员、慈善家，被称作"兴利实边"的"黄金之路辟路人"。

02
土地之恋

到这里来。可过年为啥要吃红糖馅儿的饺子？老把头解释说："过年吃红糖馅儿的饺子，不仅甜在心里，红糖还能生热。大小兴安岭古来就是马死人僵的苦寒之地，吃点儿红糖馅儿的饺子，心里舒坦啊！"

早年，伐木工人从大年初四就开始干活儿了。这一天顶重要的事，就是拜李把头。这个仪式很简单，在一棵大青杨下搭几块石头，再在大青杨的腰上缠一块红布，然后伐木工人逐个给李把头鞠躬，保佑自己一年平安。之后就开始一天的伐木作业了。当然，这都是二十世纪的事儿了。到了二十一世纪的今天，早已开始封山育林了。"绿水青山就是金山银山""冰天雪地也是金山银山"。大小兴安岭得天独厚，同时拥有金山和银山。我在山里，看今日的大小兴安岭，莽莽苍苍，漫山遍野的树是那样的挺拔、彪悍、健壮、坚韧、顽强，且绵延千百里而不绝。先前的伐木工人，如今已成为育林员、护林员了。我踏着厚厚的雪，缓缓地在森林里走着。是啊，而今的大小兴安岭已然是旅游者的天堂和滑雪者的胜地。先前的木刻楞窝棚和地窖子还在，但已成了旅游者打卡留念的地方，可以去那里歇歇脚，喝点儿热茶、咖啡暖暖身子。如果正赶上过年，保不齐你还能吃到热气腾腾的红糖馅儿饺子呢。

人生易老，天难老。这就像诗人郭小川诗中咏叹的那样：

> 继承下去吧，我们后代的子孙！
> 这是一笔永恒的财产——千秋万古长新；
> 耕耘下去吧，未来世界的主人！
> 这是一片神奇的土地——人间天上难寻。

向鲁迅致敬

兴凯湖

兴凯湖，古称湄沱湖，以其丰富的水产资源而闻名。金代，因其湖形如"月琴"，得名"北琴海"。清代时，更名为"兴凯湖"。这个位于中俄边界的浅水湖，原本是中国内湖，但1860年的《北京条约》使其成为中俄界湖。

兴凯湖总面积约为4380平方千米，其中中国部分约为1080平方千米。湖岸线总长度约400千米，中国部分湖岸线长约90千米。兴凯湖湖水清澈，透明度可达2米至6米，湖岸为细软沙滩。

鸡西这个地方很特别——自然资源很特别，除了大湖泊，还有大湿地、大森林、大煤矿、大粮仓，而且它还是共和国航空事业的摇篮。中国最早的东北老航校在密山[1]；第一枚信号弹是在

---

[1] 密山：黑龙江省辖县级市，位于黑龙江省东南部兴凯湖畔。

这里生产的；参加开国大典的17架飞机，是从这里飞往北京的；空军英雄王海，也是从这个航校毕业的。

我们去兴凯湖时，天正下着雨，陪同我们的朋友一个劲儿地说："真是不巧，没想到今天会下雨。"那种道歉之情，好像雨是他给招来似的。我说："赶着雨天游兴凯湖是我们的偏得啊！"去兴凯湖的途中，经过一个又一个农场，农场上竖立着高大的牌子，上面写着"850""851""857"等字样，偶尔还可以看见黑天鹅和苍鹰从无边的田野上飞过。东北大粮仓气势磅礴，景色壮美，真是令人震撼的巨幅画卷。

看到这些，我想起了许多，现在的路是很好走的，都是水泥路。在清代时则不然。整个黑龙江寒烟锁地，蔓榛林莽，荒草连天。当年宋小濂追随封疆大吏李金镛到北大荒的时候就感慨地说，这个地方要是被开发了，对国家社稷是有重大意义的。是啊，北大荒的这条路就如同一个历史的舞台，再现着一代又一代人的身影。十几年前，我也曾在中篇小说《与魂北行》中描述过这种情景：

> 一路上，流雾走云，虚山幻水，处处可以称奇。胡地的风景，越发蓬勃可见：牛羊簇遍野，胡马奔若潮。碧落之上，翔有天鹅阵，旋有古苍鹰。碧落之下，草势如海，直扑无涯宇宙。气派洒脱，自信，自由自在，天籁人籁，不可一世……时年孟冬，宋先生（小濂）即由黑龙江的齐齐哈尔，赴北徼极地，漠河。临行几多顾虑。宋（小濂）便写一首七律安慰诸君：汗马功名安在哉？空随大将逐边埃。未终投笔封侯事，

02
土地之恋

又做摸金校尉来。雪岭朝横人迹渺，江水夜渡马蹄催。前程正远休言苦，热血从来满壮怀。

后来，李金镛积劳成疾，吐血数升而死。宋小濂为恩师写的挽联是：

忠勇从血性而来，赴万里奇荒，开一朝美利，何意大勋未集，尽瘁以终，纵报国有心，只剩英魂依北关；

姓字忝门墙之末，受八年知遇，才两载追随，回思训诲殷勤，栽培优渥，恨酬恩无日，徒教痛苦过西州。

在另一篇小说中，我也曾描述过流放到这里的那些犯人：

这些从关内来的流犯，男的、女的，都是一张张很累的脸。嘴唇都干得开花了，爆皮了，像非洲的大干旱。有的骑马，有的坐着马车，拥挤在一块。在土人的欢笑声中，停下来了。

而流放到这里的犯人"久沉异域，语言风俗，渐染边风"。棒鱼、猎禽，土法娴熟；一般形态尽是北疆之色，满腔心思全是南国恋情，成为这里最早的拓荒者。

在这片田野上，还有百万知青屯垦戍边，出了许许多多卓越的人才，给共和国的文化史留下了灿烂的一页。这真是一片神奇的土地！

我站在雨中，看着浩瀚无边的兴凯湖白浪滔天，渺渺无边际。雨就那样不紧不慢地下着，沙滩很长很长，整个兴凯湖看上去是一个半月形。我听说有一首歌，就称它是"半月湖"，虽然将气势"小资"化了，但形似还是不错的。看到这无边的水域，我这个从不下水的人也激动了，到湖中畅游了一个多小时，玩得非常尽兴，真有点儿老夫聊发少年狂。

　　中午在"巧嫂饭店"吃的饭。所谓巧嫂饭店，在密山一带有一百多家，都是东北老娘们开的。我们在这里吃湖虾、大白鱼、蘸酱菜、大饼子……所有的蘸酱菜都是客人自己到园子里摘的，绝对是绿色食品。这位巧嫂长得很壮，她的老爷们和她说话一点儿也不客气，可她也不客气。

　　我问："你们俩谁怕谁呀？"

　　她说："咱是东北老娘们儿，你记不记得有这么一句话，叫打不死的东北老娘们。咱东北老娘们只要还有一口气，就得往上冲。"

　　我听了哈哈大笑，觉得名不虚传。

　　巧嫂问我："你家老娘们儿咋样？"

　　"差不多，差不多。"我说。

　　在等饭的时候，我们到附近去转一转，周围有几个欧式的楼是专门招待游客的，但似乎去那里的人不多，大团大团的云衬托在后面，夕照勉强将自己的光从后面进射出来。一楼一景，俨然《呼啸山庄》里的场景。远处夕照下的田野或黄或绿，锦绣似的一直延到远处，远处是一溜红色瓦盖的平房。

　　这一天晚上，我们喝了许多当地的烧酒，顶着星星出来，隐隐约约能够听到兴凯湖的波浪声。

乌苏里江

乌苏里江发源于俄罗斯锡霍特山脉的南段西麓，上游是由乌拉河与松阿察河汇合而成的。乌苏里江自南向北流，最终在伯力（哈巴罗夫斯克）附近注入黑龙江。它是黑龙江右岸的一大支流，也是中国东北部与俄罗斯边境上的一条重要界河，全长905千米。乌苏里江原来是我国的一条内河，自《北京条约》签订以后，成为一条界江。乌苏里江，满语为"乌苏里乌拉"，意为"下游的江"或"东方日出之江"。乌苏里江水质很好，是东北地区重要的清洁水源之一，因此弥足珍贵。

虎头这一带是乌苏里江的上游。我虽然是第一次到乌苏里江的上游，但对乌苏里江始终有一种特殊的感情。在十几年前，我曾去过乌苏里江的下游，描述过那儿秋季时的情景：

　　水汽弥漫的江面，亿万只小青蛾全部飞翔起来了。它们透明的羽翼亮晶晶的，迸发着夕照的彩光，流动飘浮，烁烁闪闪，抒情地合唱着漠漠大野上醉人魂魄的梦——小青蛾飞起来，大马哈鱼群就要到了呀。身形拙实又巨大的麻特哈鱼是海神的使者，它奉海神之命，监送大马哈鱼群由鞑靼海峡[①]入江。海神说：让它们死！它们的寿命只有一年。大马哈鱼群在麻特哈鱼的驱赶之下，日夜兼程，日行四百里，宛若溃败的降军，浩浩荡荡，拥拥挤挤，默默地奔向死亡之水。在那里，它们将全部死去——它们的儿女，将在它们临终之前

[①] 鞑靼海峡：位于亚洲东北部，连接日本海与鄂霍次克海，长度约为900千米，最窄处宽度约7.3千米，是俄罗斯重要的海上通道之一。

诞生。这大约是水中世界的悲剧，是水中世界的大庄严罢?!
乌苏里江面大幅度地摇撼起来了——大马哈鱼群游回来了。
远处隐约看见麻特哈鱼像巨鲸一般，喷射着几丈高的水柱，
正在往入江口驱赶水族世界的囚徒……

乌苏里江真是一条神奇的江呵。走在江边，看到沿江而矗的大树
两个人也搂不过来，它们或有百年历史也未可知。看到这么粗的树依
然健在，真的不胜感慨。许多城市将粗的树都伐掉了，种上小细杆儿
的树，惨不忍睹，得多少年才能长成参天大树啊。

我们坐在汽船上游乌苏里江。江水很厚、很急，两岸茂密的野树
连绵不断，或能看到苍鹰和许多不知名的鸟儿从江面上飞过。江对岸
就是俄罗斯。可鸟儿是自由的，它们永远不受边界的羁绊。雨倏忽间
停了，彤红的、将落未落的夕照露出来了，将江天映衬得十分壮美，
让人不知身置何处。

横道河子镇

横道河子镇是我的故乡，我出生在这个小镇上，然后一家人去了
一面坡镇。对于横道河子镇，存留在我头脑里的记忆不多，只是记得
当年横道河子发大水，我们一些小孩儿坐着蜜蜂桶顺流而下玩耍的情
景。除此之外，一丁点儿记忆也没有了。一定是年岁太小的缘故，或
者天生就是一个凡事都不走心的人罢。

横道河子镇是中东铁路[1]沿线上的一个不大的铁路镇，镇上所有的

---

[1] 中东铁路：初名"东清铁路"，后改称"中国东方铁路"，简称"中东铁路"。其以哈尔滨为
中心，西至满洲里，东至绥芬河，南至大连，路线呈"丁"字形，全长约2400千米。

02
土地之恋

建筑都是俄式风格的，在黑龙江算是保存得比较完整的了。我建议同行者一定要到我的出生地看看。

我们到达小镇的时候，这里正在修路，然而一进入这个小镇，他们就喜欢上这里了。那个修建中东铁路时建造的火车站，连同圣母进堂教堂、机车库、铁路大白楼、铁路治安所驻地、俄式木屋等建筑风采依旧，展示着十足的俄罗斯风情。

算了一下，我大约有五六年没来了。去老机车库时，一时不知往何处走，途中看到几个老铁路工人正在那里玩门球，便走过去询问。我们顺着他们指的方向一路寻找，终于找到了这个俄式的老机车库。这个机车库建于1903年，建筑面积有2160平方米，平面呈扇形，有15个机车泊位，分别与扇形圆心处的调车台相对应。正立面，车库库门的三角形拱券门额、山花檐口、多层叠涩线脚等，一律是地道的俄式风格。到了20世纪90年代，随着蒸汽机车的淘汰，它才退出历史舞台。机车库高大木门上的木板在岁月之风吹拂下呈黑色，很沧桑的样子。我想，称它是蒸汽机车的宿舍大约是准确的吧。

机车库周边荒草萋萋，令人不由地生出许多感慨来。好在保存得还好。历史终究是历史，老建筑终究是老建筑，不断地陈旧下去也是一件自然的事罢。

这时候，一个老铁路工人提着刚买的一袋窝头，对我们说："这个机车库可老结实了。抗日的时候，日本人的飞机在这里扔了两颗炸弹，也没把它炸坏！"

的确，老式机车库像军事城堡一样非常结实坚固，将它静静地废弃在这里十分可惜，但这就是历史。是啊，时代的进步总是要淘汰一些旧事物的。

接着，我们去那座老教堂看看。去教堂途中，经过一些木结构的俄式民宅，非常美观典雅。在 21 世纪还能看到这样的建筑，十分难得。先前哈尔滨也有许多这样的俄式平房，但都被悄悄地拆掉了，非常可惜。而在我的家乡，却到处都是这样的俄式民宅，而且家家都被贴上了"保护建筑"的牌子。

不知不觉中，雨下来了，好在不大。我们顶着零星的小雨，沿着那条两边是连绵不断的栅栏的小巷，一直往前走。到老教堂去，走捷径的话，还要走一段高速公路，大约有一千米的距离，远倒也不远。遗憾的是老教堂被喜滋滋地粉刷过了，几年前我来的时候还是老样子。真不知道教堂是老样子好，还是这样被粉刷过的好。但无论如何，被保护下来就是好呵。同行的人说："你看，山上还有许多俄式房子。"我告诉他们，那是老铁路员工的公寓。这些错置在山坡的公寓和仿法式的单体小楼非常漂亮，恍惚间似在欧洲。我说，我家先前在那里住，这我是有记忆的。

站在高处，我眺望这个不大的小镇，觉得这儿应当成为一个中东铁路之博物馆镇。或者将小镇的居民迁到附近的新地点去，在那儿给他们建一些新的住宅，一方面满足他们住新房的愿望，改善他们的居住环境，提高生活品质；另一方面，也能有效地保护这个天然的铁路博物馆。毕竟这个镇子小、人口少，有道是船小好掉头啊。我的幻想在继续着，觉得似乎可以将中东铁路的历史及相关文物全部归拢到这里，将那些旧的老式机车、旧铁路上的遗物也一并搬来，再做一些老铁路员工、老旅客、老居民们工作、旅行、经商的蜡像，让我们目睹与体验一番当年的中东铁路小镇之历史、之风情。当年，这里自然是有西餐馆和咖啡馆的，不妨再在这里开一两家西餐馆，做一些当年的

02
土地之恋

铁路餐，让远足者体验一下当年旅客的滋味。游完了天然的铁路博物馆小镇，再去威虎山看看，下山之后不妨去虎园看一下东北虎。品尝一下当地人家用野参、野果泡的小烧酒，不胜酒力的喝喝当地人制作的蜂蜜水、果浆，吃吃卷裹着各种野菜的筋饼和用人工饲养的鹿做的肉丸子也不错。这番遐想让同行的人不胜感慨。毕竟人微言轻，感慨过了，也就过去了。

春来横道

车子在雨路上行驶，心情很好。风挡上的雨刮不断地刮着扑上来的雨丝——这就是好心情；公路两侧林涛青翠，山岚蒸腾——这也是好心情；长势贼好的苞米地、高粱地，一望无际，在春雨中轻轻地摇来荡去，雨，肯定是下透了——这更是好心情。一句话，纯天然的好心情不在城市里，永远在故乡。

横道河子是俺家乡。您可能不知道，横道河子镇的筋饼在黑龙江绝对是一级棒。我觉得出门在外，最重要的一条，就是吃。下乡，一定要吃乡下的饭菜。这不仅源自根的召唤，也是我多年来不竭的渴望，更是对个体生命和家乡的尊重，是留给未来回忆的最甜美、最有质量的精神资源。

沐浴着春雨的车子过了收费站，就正式进入

横道河子镇了。正好临近打尖①的时候了，一看，路两边全都是一家挨一家的筋饼店——吾镇之特色也。一个镇有自己的特色，那就是有特色的镇，就吃这个特色了。只是选哪一家好呢？

最后，将车子停靠在一家门面颇为"乡下"的饭馆儿门口。当然，小镇的饭馆儿是无法和大城市里的大酒家相提并论的。但反过来说，大城市的酒家也没有咱家乡小饭馆儿那种温馨、亲切和宾至如归的感觉。您就听着老板的招呼："来了，大兄弟！"

几个人沐着春雨进了饭馆儿。一看，一个客人也没有，空空的，估计跟下雨天有关系。这太好了，可以随便坐了。于是，几个人选了一个靠窗户的大圆桌坐下来，然后武夫似的翻开菜谱。

点了四个菜，一个是尖椒炒干豆腐，一个是酱泼大豆腐，一个是毛葱和刺老芽炒鸡蛋，还有一个是肉炒黑木耳。同志们，在黑龙江的乡镇点菜，应以少点为上策。为啥？因为乡镇饭馆儿的菜码太大，盘子也大，一个菜可以顶天津卫的三个菜，顶北京城的四个菜，顶上海滩六个菜的量。在这里，四个人吃四个菜，足够了，还不一定能吃得了。

我们又点了八张双面筋饼。筋饼可以多来一点，因为横道河子镇的筋饼薄如纸（制作工艺相当烦琐），是特色，所以八张不多，能不能够四位壮汉吃还不一定呢！所以又额外加了四碗酸菜肉丝手擀面（一大碗面顶大酒店的六小碗）、两瓶冰镇啤酒、两头硕大的紫皮大蒜。大蒜免费，就是管够吃，你能吃多少？

等着上菜的时候，我指着窗外的雨界，向另外三个同行者介绍："那个——看着没有？是老火车机车库，俄国人建的。那边，那个木质

① 打尖：在旅途或劳作中间休息、饮食。

094

的房子，是东正教圣母进堂教堂；那头那个，是老火车站，也是俄国人建的。大名鼎鼎的西部歌王，也是东北歌王的王洛宾，在横道河子机务段干过两年多的钩子手。"

朋友问："啥叫钩子手？"

"连接员。负责连接货车的车厢，编组嘛。也有人说他当过'摆小旗'的，就是信号员。两种说法并存吧。王洛宾就是从我们这儿走出去的。"

朋友说："牛！"

横道河子是一个铁路小镇，是绥满铁路①线上的一个重要站点。过去，这里住的大都是俄国侨民，你们瞅，到处都是俄式的铁路房。不少电影、电视剧都在我们这儿拍的。咱这个地方最有名气的，除了筋饼，还有果酒和蜂蜜。早年——就是二十世纪初，都是用大铁桶装果酒和蜂蜜往外国运……

横道河子小镇在黄金北纬45度线上。只要是在这个纬度上，就一定会有大片的森林，出蘑菇、猴头、山参等山珍和各种野菜；就一定有大片的绿色牧场，养奶牛产牛奶；就一定有漫山遍野的野花，产蜂蜜。要不说"绿水青山就是金山银山，冰天雪地也是金山银山"呢。咱小镇就是一个最典型的例子。

朋友说："牛！"

东北大勺咣咣一响，四个菜上来了。果然是大盘子，盘子的直径有一尺多，菜量非常大。按说，三个菜就够了，但是黑龙江的饮食文化有"规定"，点菜不能出单儿。

① 绥满铁路：起点为哈尔滨市，终点为中俄边境城市绥芬河市，是黑龙江省重要的铁路干线，也是一条年逾百年的历史文物铁路。

02
土地之恋

开造①吧。干豆腐炒得好，相当滑嫩。我认为，城里的大酒家炒不出这个水平。要知道，炒干豆腐是乡镇饭馆的拿手绝活。大豆腐整得也好，实惠，白白胖胖、颤颤巍巍，用炸好的葱酱往大豆腐上一泼，吃在嘴里又香又嫩，不知今夕是何夕了。

普天之下，你们知道哪儿的豆腐最好吗？中国。中国的豆腐哪儿的最好呢？黑龙江。黑龙江省的黄豆只种一季，张弛有度，地气足，自然绝佳。黑龙江的大豆腐哪儿的最好？朋友说："我知道了，横道河子。你不就是这个意思吗?!"

炒黑木耳也相当好吃。几个人边吃边嚼边琢磨。朋友说："可能是用的鲜木耳吧，不然不会这么脆。"我说："今天你们有口福了——是野生的。"

另外，毛葱和刺老芽炒鸡蛋，更是香喷喷的。鸡蛋是散养的土鸡下的，炒出来黄泱泱的、嫩嫩的，宛若黄色的出水莲花，鲜美异常，有一种青春勃发的感觉。再加上一碗酸菜肉丝手擀面，这一顿饭吃得相当舒服。窗外的景色也好，鹅黄色的迎春花、妖娆的小桃红都开放了，在春雨之中，美死了。

……

算账吧。不到六十块钱。

我一边结账一边倚在柜台那儿跟老板聊。

我说："咱这个地方好，以后得常来呀。"

他笑眯眯地说："想常来好办，你可以在这儿找家民宿。你们来的时候，火炕都事先烧好了，往火炕上一坐，洗脚水给你端上来，你是吃小笨鸡，吃大豆腐，还是吃手擀面，都是现成的，做得比我们地道、

---

① 造：它在东北方言中最常见的含义是"吃"，通常用来形容大口吃饭或吃得很多、很痛快。

干净。家里也收拾得利利落落的。走的时候，你扔下个三头五百的就行……"

我说："那敢情好。"

朋友说："你不是出生在一面坡吗？咋的，到哪儿就是哪儿的人呐。"

我告诉他们，一面坡，那是一种非正式的说法。横道才是我的家乡。户口簿上可写得清清楚楚：出生地——横道河子。

我们离开筋饼店，雨依旧在下，整个人变得那样年轻、有活力，全身都弥漫着令人沉醉的春的气息。

　　客居四季常夏的海南岛，到了冬天，常常会怀念故乡的雪。异乡异客，无论是走在南国的椰林里，还是烂漫的花丛中，阅读之余，送客之后，尤其是一个人独处时，那故乡的雪哟，便纷纷扬扬在脑海中飘洒下来。一瞬间，刺骨的寒、怡人的爽，袭进了灵魂，萦绕在躯体里，窸窸窣窣，久久不绝。早年曾有诗人把片片雪花看作是"天降的书信"。是啊，只有在雪国生活过的人，才会有如此的比喻。

　　魂兮游兮，倏忽之间，悄然来到横道河子。这个地处黑龙江省海林市的小镇，坐落在群山环抱之中，数十座洋气的别墅依山而建，错落有致，俨然一个迷人的童话世界。那条湍急的山水河从镇中的主干道上横穿而过，老式蒸汽机车从远方朝着小镇的方向缓缓驶过来——这便是我的故乡，我的出生地。至今我还清楚地记得，儿时的家坐落在东边的半山坡上，那里是小镇上最早能够看到玫瑰色的朝阳升起的地方。初升的旭日躲在枝丫稀疏的丛林后面，像一幅精美的木版画。

每到雪季，大雪封门。小镇居民清晨起床后的第一件事就是清雪。厚厚的大雪呀，总有两三尺厚。放眼望去，周围的山林，山坡下那一处处冒着炊烟的住宅，还有铁路机车库和那座墨绿色的教堂，都披上了厚厚的白雪。这是上天的杰作呀。那条穿镇而过的横道河，已然被大雪掩盖得时有时无，似一只跳跃的银狐。远处，铁路工人正在清理铁轨上的积雪。可雪还在纷纷扬扬地下着哪。皑皑的白雪将小镇变成了银色的世界——银色的山林、银色的房子、银色的街道，甚至连行人都是银色的了。

只有生活在雪镇里的人们，才能体验这清扫积雪的快乐。院子里的雪先不去管它，先清出一条下山的小道来。雪如此之厚，清出的雪道俨然一条战壕。雪的战壕里充满了孩子们的笑声。半山坡上住着五六户人家，清出的雪道分别从各家汇到一起，一直通到山下。这是孩子们的快乐时光：女孩子伸出舌头接天上飘下来的雪花品尝，男孩子开始打雪仗、滚雪坡，甚至抓起雪来吃。大人们才不管孩子们怎么疯、怎么乐呢，只要清出雪道就好。一声悠长的火车汽笛声回荡在山谷之中，远道而来的蒸汽机车披着厚厚的霜雪，喷着大团大团的蒸汽，缓缓地驶进了小镇。这是何等梦幻的一幕啊。孩子们都停止了游戏，静静地看着，随后爬出雪壕，欢快地向客车车厢里的旅客挥手。火车终于停了下来。大人和孩子们都凝神地看着，看看有谁向山坡上走来。倘若有旅人向山坡上走来，孩子们会欢快地跳着喊："回家——回家——回家——"调皮的孩子还会喊："酸菜馅儿饺子，油煎黏豆包，

02
土地之恋

鹿肉丸子汤，牛肉苏泊汤……"然后一起蹦着跳着唱起了儿歌："大列巴像锅盖，红菜汤不算菜，酸菜白肉炖起来，果酒、啤酒、小河鱼，煎饼大葱卷起来……"

　　早饭过后，孩子们开始清扫院子里的雪。与其说是扫雪，莫如说是在院子里做游戏、堆雪人、造雪屋，帮助大人砌雪窖。要知道，雪窖里可以储藏各种冻货，野猪肉、狍子肉、鹿肉、小河鱼、林蛙，还有冻豆腐、冻饺子，甚至可以把新鲜的蔬菜放在里面冻藏，像豆角、西红柿、大白菜、大萝卜，还有大列巴、冻梨、冻苹果、冻花红、冻柿子这些孩子们的"冰点"。雪窖可是天然的大冰箱，能保持食物的新鲜。记得有一位朋友问我，他在小镇买了一个大列巴，太大了，吃不了可咋办？我告诉他，可以放在家里冰箱的冷冻层保存起来。吃的时候，让它自然解冻，依然能保持原有的新鲜。至于冷冻的蔬菜，那可是小镇人尤其喜欢吃的，将其解冻后，用热水焯一下，蘸大酱吃，贼好吃。

　　故乡是我率真生命的起点。大雪飘落兮，常让我夜不能寐。每到冬季，我都巴望着有机会回自己的故乡小镇。在雪地里打一个滚儿，让凛冽的风痛痛快快地吹拂我、冻我，让漫天飞舞的雪花轻轻地落在我的脸上，化成甘甜的水珠，胡子上、头发上、睫毛上都结满白色的霜。这漫天的大雪让我忘掉了所有的烦恼、所有的不愉快。这便是家乡的神圣，雪的神圣。对于横道小镇人来说，度过一个这样的冬天，这一年就完美了。

　　只是，先前的房子已经几易其主，或者成了民宿，或者成了艺术家的创作室。不过，我永远是雪镇的子孙。横道河子的老街坊、老邻居和儿时的玩伴儿，他们还生活在这里。无论我到谁家去，那家主人都会邀请我在温暖的屋子里，围坐在别气克^①旁，烤着火，喝着热奶茶、咖啡。老乡啊，这才是我想要的生活。还是诗人说得好呀，这漫天飘落的雪花就是一封封天降的书信。在我看来，它们更是一封封来自故乡的家书，呼唤着它的儿女："回家——回家——回家——"

---

① 别气克：俄语"壁炉"的音译。

在座谈会上发言

03

行走中国

我虽不是诗人，
但是触景生情亦生诗情，
诗情毕竟是每一个中国人骨子里的存在呀！

　　"额尔古纳"是蒙古语"捧呈""递献"之
意，后人逐渐把它修饰为"奉献"。据说当地不
少人家都给女孩子起名叫"额尔古纳"，不知是
将女儿奉献给男人为妻呢，还是希望女儿做一个
甘于奉献的女人。倘若全不是，那一定是专家对
"额尔古纳"的解释出了什么问题。

　　额尔古纳地临俄罗斯，或为旅游者计，全城
几乎所有的建筑都在凸显仿俄罗斯风格。我们路
过的那家大饭店尤为突出，它模仿的是克里姆林
宫。最让人想不到的是，这幢克隆下来的彩色
"克里姆林宫"顶部的"洋葱头"，居然是用帆布
做成的。边疆的人民真有创造力呀，真想不出他
们是怎样做到的。须知，边疆的风可不是"边疆
的泉水"，它像蒙古的野马，狂烈而迅疾；边疆
的雨也不是"断桥的雨丝"，多是暴雨兼电闪雷
鸣啊。上天哟，这些帆布做成的彩色"洋葱头"

居然在狂风暴雨中岿然不动。即便是严寒袭来，凛冽的西北风裹挟着暴风雪从"洋葱头"旁冲杀过去时，"洋葱头"俨然威武的天神一样，依然保持着它色彩的灿烂。

进入额尔古纳，没想到这座格局不小的城市，却鲜见行人和车辆，宁静得像一张静物画，恍惚有一种人去城空的感觉。难道都去草原上放牧了吗？

额尔古纳主干道旁的广场上，有一尊骑着骏马的蒙古勇士的雕塑，他便是"拙赤合撒儿"（又名"哈布图哈萨尔"）。他的本名是"拙赤"，而"合撒儿（猛兽）"是他的称号。合撒儿是成吉思汗的胞弟，也是孝庄皇后（布木布泰）的先祖。据说从少年时代起，他就跟随成吉思汗，为蒙古的统一和蒙古帝国的建立立下了不朽的功勋，是蒙古族历史上伟大的政治家和军事家之一。合撒儿勇敢善射，以"神箭"著称。他不仅是成吉思汗的佩刀侍卫，还是额尔古纳南岸人们引以为豪的一位精神领袖。

停车歇歇脚吧。五百多公里过来，又是午时了，到了打尖的时候。我们在勇士广场对面选了一家饭馆。别以为到了内蒙古就可以轻松地享用"乌日末"（奶皮子）、"夏日陶斯"（黄油）、"阿如日"（奶干）、"苏太才"（奶茶）、"塔日格"（酸奶子），以及手扒肉、全鱼宴。我们是野客，除非十分努力，打几个常年不联系的朋友的电话，方能享受到地道的蒙古族美味。

这家中餐馆的老板是个中年人，很热情——边疆地区的饭店都是这样，对他们而言，每一个客人都是他们远方的朋友。餐馆的门口摆着几盆清水，备有毛巾、香皂，供客人洗尘，真的是宾至如归呀。老板姓王，我开玩笑说："噢，咱们是本家呀。五百年前是一家，五百年后必有王者兴啊。"老板却诚恳地看着我问："那现在呢?"我说："你现在开饭店当老板,多牛呀!"

正所谓"上马饺子,下马面"。好啊,入乡随俗,吃面。我原以为这里的手擀面同哈尔滨的一样,是机器压的面,没想到,老板给我们端上来的是真正的手擀面。这面条筋筋道道,非常有嚼头,再配上尖椒茄子肉丝卤,送到嘴里,感觉不是家中胜似家中。老板还极力向我们推荐一款价格便宜的炸蔬菜丸子。恭敬不如从命,那就上吧。新炸的丸子,人间的宝哇。好吃!我说："老板,再来一盘。"

吃过了,继续上路。再见吧,静悄悄的额尔古纳。

哈达图

去哈达图这一路的风光最具蒙古本色：漫上天涯的绿色牧场，散落在牧场上的羊群、马群、牛群和骑着马的放牧人，草原上的白色蒙古包，在大草原上肆意流淌的野河，万里天空上海浪似的白云朵……这里真的是人间天堂啊！你突然醒悟到，那些喜欢唱歌的民族必是生活在这样神奇的地方，而且也只有生活在这样瑰丽壮阔的草原上的人们，才能唱出那样优美悠扬的天籁。

把车速放慢一点，好好地欣赏一下这草原的美景吧。看到在草原上骑着骏马放牧的汉子在大片的羊群、马群、牛群中悠闲的样子，我很羡慕，幻想能成为这里的一员，和这里的人们一块儿住在蒙古包，喝着奶茶，聊着天儿，甚至还有一个敦美的蒙古女人。我甚至看不清那个女人的面庞，也看不清我喜爱的、憧憬的、羡慕的草原生活，我完全不知道他们有怎样的故事、怎样的经历、怎样的梦想。我只是失落地知道，我不会成为这里的一员。但我仍然巴望着有朝一日能在这里生活，哪怕是一个星期，过上安定祥和、不受干扰、和大自然融在一起的生活。

接下来的路程，风景略有一些变化，我们"意外"地经过了一片白桦林。雨后的白桦林特别的精神，仿佛是一群小伙子、大姑娘，株株充满活力。乳白色的树干被雨后的阳光晒得闪闪发光。摇下车窗，能嗅到从林子里刮过来的白桦树特有的清香。

这时同行人突然打断了我的思绪，他问道："哥，什么是文学？你能不能说得简单点儿、通俗点？"

我说："文学就是听着不着调儿，但靠谱。"

远足室韦

从巴林出发不久，天就开始下雨。我喜欢下雨天，更喜欢雨天在公路上开车。雨越下越大，并伴有沉闷的滚雷声。是啊，天庭之上的古式战斗又打响了。我已将雨刷调到最快的速度了，但依然看不清前方的路，能见度不足十米。只好将时速降到三十公里。

速度一下来，人就完全放松了。这是一种让人心舒缓的速度，同时还会不断地催发你内心的想象之花——不是神奇的野火球花，或者妖艳的紫色鸢尾花，而是草原上的狼毒花，能感觉到它野性的绽放之中那色诱般的毒。

你想啊，设若你就生活在公路旁那纵深地带的山林里，你将怎样应付这样的雨天呢？你住的是木刻楞小木屋，还是达斡尔族的那种帐篷？你走进那间屋子。屋子里的铁炉子正在舞动着巫婆似的玫瑰色火苗，在炉子旁边卧伏着一只机警的玄色猎狗。你是猎人么？于是你放下猎枪，脱下鼹鼠色的雨衣，然后坐在炉子旁烤火，点上烟斗，喝着浓浓的热茶，静静地听着森林上空的雷雨声。

……

辽阔旷野上的雨仍没有减弱的迹象，挡风玻璃上蒙了一层眼翳似的水雾。按下除雾按钮，水雾瞬间散开了，而心里的想象之花仍在像草野上的狼毒花般环环绽放着。

设若你是一个正在躲避追杀的人，那又该是怎样的"流浪汉"呢？你蓬头垢面，眼睛里充满着胆怯与狂野。那么是什么样的人要杀你呢？你与追杀者之间又有怎样的恩怨，才迫使你亡命天涯，躲进这原始森林里来呢？

设若你就是一个与世隔绝的孤独的"流浪汉"——这让我不由得想到了电影《德尔苏·乌扎拉》里的一个画面。当那支俄国探险队来到森林的小木屋时，木屋的主人——德尔苏，一位沉默寡言的中国老人，将栖身之地让给了他们，自己则带着狗去了河边。他点上篝火，准备在这里过夜。那个俄国探险队的队长走过来，问起他的故事。德尔苏告诉队长，他来自天津，当他发现自己的哥哥做了对不起他的事后，便离开了那里，来到了这个没有人烟的地方，生活了二十多年。第二天，队员们发现德尔苏不见了。探险队队长说，老人想明白了，他原谅了哥哥，要回天津。队长指着山顶上的那轮巨大的红色旭日说："你们看，他在那里。"队员们顺着队长手指的方向看到，那个中国老人正走在朝阳里。

这个绝美的画面让我终身难忘。

想象之花依然在心界里绽放着，像一朵紫色的柳兰。或许这就是人类的禀性吧，你无法拒绝，也无法制止。想象，是始终伴随着人类生命的别一种生灵呵。我在想，一个人生活在大兴安岭的森林里，不但要面对滂沱大雨，还要面对蚊虫的叮咬和野兽的侵扰。冬天大雪封山，北风呼号，日子就更难熬了。可我为什么会有如此匪夷所思的联想呢？难道在我的潜意识里一直隐藏着某种恐惧吗？

是啊，人还要回到现实生活中来。可眼下的行为是什么呢？逃避？对，逃避——逃离喧嚣的城市、逃离算计、逃离嫉妒、逃离中伤，远远地逃离开，将自己像卷叶虫似的遮蔽起来，以此获得珍贵的安宁。

雨渐渐地小了，明亮的太阳出来了，天地又恢复了无涯的灿烂。我们此行的目的地是室韦，那里是俄罗斯族人居住的地方，就在额尔古纳河的边儿上，大河的对岸就是俄罗斯。据说，室韦当地人的衣着和饮食直到今天还保留着某些俄罗斯的风俗。面包、红肠、啤酒、酸奶、格瓦斯，蓝色的眼睛、金黄色的头发、浓密的小黑胡子、刺鼻的香水……这一切的一切，俨然是无声的呼唤呵。

想想看，早年的哈尔滨就是一座俄侨人数最多的城市。先前的记忆、先前的风情，至今依然历历在目。只是那无情的岁月之风啊，已将这历史的风景吹得渐行渐远了。而远在额尔古纳河边儿上的室韦，反而是吾城的别一种缩影了。

……

雨后的空气新鲜得像含露绽放的野蔷薇，让人沉醉。公路上的残雨在阳光下像撒满了小金币，闪耀着迷人的光斑。啊，这就是美妙的音乐、醇香的美酒。

03

行走中国

室韦小镇

　　室韦小镇在额尔古纳河的南岸，与河面几乎触手可及。额尔古纳河是黑龙江的源头之一。额尔古纳河在《旧唐书》中称"望建河"，在《蒙古秘史》中称"额尔古涅河"，在《元史》中称"也里古纳河"，在《明史》中称"阿鲁那么连"，从清代开始，称之为"额尔古纳河"。这条伟大的河发源于大兴安岭的西麓，一路奔腾，纳入根河、得耳布尔河、哈乌尔河、莫尔道嘎河、激流河（贝尔茨河）、阿巴河、乌玛河和恩和哈达河，然后与海拉尔河和达兰鄂罗木河在满洲里附近的阿巴该图山汇合，再继续向东流走。

　　室韦，初称"失韦"，亦称"失围"。从隋代开始称之为"室韦"，系蒙古语"森林"之意，之于其族者为"林中人"意也。

　　室韦这支中国古代东北民族源于东胡，与契丹同是游牧民族，居住在山地。在大雪覆盖的冬天，人们出行时"骑木而行"。我理解就是雪橇的一种。

室韦是靠近额尔古纳河南岸的一个小镇子。从小镇横穿最多也就半小时，足见小镇之小。小镇上几乎是清一色的俄罗斯式木刻楞或贴木片式建筑，以两层居多，悉数是宾馆、饭馆、小商铺、食品店。所谓的罗宋菜和俄式商品比比皆是。

在近代史上，小镇上最早的居民，是那些中俄淘金汉和一些在俄国十月革命后逃亡到这里的俄罗斯贵族、地主。小镇上有一座小型的尼古拉教堂。我记得在哈尔滨松花江段的北岸也曾有一座小型的尼古拉教堂，它和室韦小镇上的教堂十分相似，只是家乡的那座教堂随着俄人的离去也消失了。

我们选了一家名为"瓦西里"的旅馆。老板叫瓦西里，体态肥胖却透着自信，一看这个老爷子就是个俄罗斯族人。他虽年近七十，但身体却健硕得像一头棕熊。

我们聊了起来。知道他的爷爷是山东人，奶奶是俄罗斯人，到他已经是第三代了。老爷子已经说不清楚他的父辈，包括祖辈的流亡故事了。只知道他的爷爷是从山东过来的，然后顺着黑龙江、额尔古纳河到俄罗斯淘金。是啊，一般来说，越是接近大江大河的源头地带，金矿储藏越是丰富。自然，迷人的金子总有枯竭的一天。于是，瓦西里的爷爷便渡过额尔古纳河，来到了河的南岸，在南岸的处女地上继续淘金。这一拨又一拨冒险家的爱人，也随着他们留在了河的这一边。

当然，除了淘金，还有其他原因迫使一些俄罗斯人逃亡到这里。瓦西里说："后来，我奶奶和我大姑也来到了这边。冬天嘛，额尔古纳河封冻了。奶奶和大姑走了几百俄里的路，冒着暴风雪呀，终于来到了这边。从此再也没回去。"好像他目睹了一样。我问："想回去吗?"

瓦西里说："想个啥？大兄弟，我们是中国人，俄罗斯族好不好！"

当然，类似的经历并不止瓦西里老汉一个人有，生活在室韦小镇上的许多混血家庭几乎都和瓦西里背负着一模一样的"小历史"。

我问："瓦西里，你的爷爷是山东哪里人啊？"

"莱州。"

"回过山东老家吗？"

瓦西里说："对我来说，那就是个地名。没回去过，也不想回去。那里跟我半毛钱关系都没有。"

瓦西里的一番话让我想起了今年春天的时候，我借一次活动的方便回了一趟山东老家。在村子里曾见到过长相酷似俄罗斯人的老人。我想，难不成这与额尔古纳河畔的"故事"还有着某种联系么？记得多年前我去乌拉嘎（黑龙江边上的一座小镇），听过当年那些闯关东的淘金汉子说的一段歌谣："家住山东莱州本姓孙，来到深山来淘金，三天吃了一个蝲蝲蛄，你说寒心不寒心。哥儿们兄弟寻找我，顺着河边往上寻。"是啊，再往上寻就是额尔古纳河了。

瓦西里旅馆的客房全部都是用木头搭建的，用了那么多的木头可真够奢侈的。在旅馆里，我们见到了瓦西里的两个儿子和儿媳。这两个中年男人长得也很像俄罗斯人，但他们的媳妇是达斡尔族人，长得挺好看。之后我发现这里的少数民族，如达斡尔族、鄂温克族、赫哲族人比较多，他们彼此通婚很正常。

安排好之后，出来走走，吃个饭。这里的空气可真好，非常的宁静。不过，我们发现这里饭馆饭菜的价格并不便宜，且烹饪水平不高。他们对我们抱怨说："我们只有两个月的挣钱机会，天一冷就得关张。"的确，小镇很多旅馆里都没有暖气。能想象出来冬天这里是什么样子。

在小镇上，我和一个面包店的老板娘聊天时，她说："我爷爷是俄罗斯人，奶奶是山东人。我做面包的手艺是我父亲传给我的。"老板娘七十多岁了，身体很好。她做的面包、点心、奶酪相当地道，而且说着一口纯粹的汉语。她的经历和瓦西里有些不同，她告诉我们，她的爷爷是俄罗斯的贵族，十月革命的时候逃了出来。我问："这里冬天冷不冷？"她说："贼冷，零下四十多度哪，冻得鬼龇牙。到了冬天，这里就没人啦，都走了。"

我们在另一家面包店外面坐下来休息，品尝一下这儿的酸奶。坦率地说，这家小店的酸奶还没酿到时候。不过，质量没问题。在和老板娘聊天的时候，我得知她的爷爷也是山东人。

她说："我奶奶是赤塔①人，哈，俺家是地主。俄罗斯闹革命，一大家子人都被杀了。奶奶逃掉了，下大雨，连着下了好几天哪，逃的人也难，追的人也难。后来，追的人不追了，奶奶才逃到了这里，见到的第一个人就是我爷爷。两个人的岁数又相当，一个是逃命，一个是逃荒。不成为两口子才怪哩。"

老太太还自豪地告诉我，她的孙子正在北京的一所大学念博士呢。

我说："了不起啊！回过俄罗斯吗？"

她说："没有。和那边一点联系都没有。"

"想不想回去？"

她听了似乎很吃惊，说："这里是我的家呀！"

喝过酸奶，我们去额尔古纳河边看看。在河边的草滩上，我们看到有两个俄罗斯族男人在那里兜售骑马的生意，五十块钱骑一圈儿。

---

① 赤塔：俄罗斯联邦后贝加尔边疆区首府。在贝加尔湖以东、东南和南部分别同中国和蒙古毗邻。

我说："三十块吧。"

"不行。五十就是五十。"

"那，牵着马照个相呢？"

"五块钱。"他说着一口纯正的黑龙江土话。

我问："你爷爷也是闯关东来的吗？"

他说："是啊。山东人。"

"山东哪里？"

"潍坊。"

"潍坊是风筝之乡啊。"

他笑了，没说什么。

我问："你爷爷怎么到这里来了呢？"

"早年的时候，山东潍坊的一帮男人成帮结伙地去俄罗斯淘金，时间一长，先后都娶了当地的俄罗斯姑娘，算是有了家。后来他们又从额尔古纳河的北岸迁徙到了南岸。"

我指着远处的那个牵马的人问："那个人也是吗？"

他说："那是我哥哥。"

……

天阴了下来，空气变得湿润起来，感觉潮乎乎的，从天边涌过来大团大团俨然海涛一样灰黑色的云。起风了，河滩上的野草疾速地抖动着，你能感觉到，这雨已经在俄罗斯那边下着了，并且正在迅速地向室韦推进。天空深处不断地传来滚雷声，娘啊，这回去的路可怎么走啊。

黄帝陵

拜谒天下第一陵——黄帝陵，如同拜谒革命圣地延安、拜谒母亲河黄河一样，自然是庄重的朝圣。心中的那份惶恐与虔诚自不待言。我十分珍视这次拜谒的机会，这毕竟是我终生的渴望啊。

先前，黄帝陵的周边是怎样的自然景观，已无法得知。但今天的黄帝陵，却是黄土高原上一片难得的绿洲。只是黄帝陵的四周，已被无边无际的黄土塬群包围。

到了黄帝陵，在"文武百官至此下马"处拾级而上。神道两侧的千年古柏，似乎在暗示着这里先前翠绿无垠的景观。虽说这样的感受没有根据，但如此的想象却无法遏制。石阶两旁有许多摊贩兜售小玩意儿，确实大煞风景。文士总是天真的。在我看来，去拜谒黄帝陵，须在山门处就沐浴整衣，凡以商为目的的等闲杂之人一律不准入内。这是中华民族的圣地，是中国人祖宗的宗祠，不是铜臭之地。无祖无宗或无视祖宗，总是一件丢人的事情罢。

然而，文士也只能在心里想一想，愤怒一下罢了，具体施令是做不到的。但是，心中有了这样一种圣想，祖宗也就无怪喽。

《史记》上说："黄帝崩，葬桥山。"黄帝陵就在海拔994米的桥山龙脉之上。古来圣山三面环水，气魄大焉。它既展示着国人的气度，也凸显着国人的品格，在宁静中储存无限的活力，于沉稳中蕴藏无量的丰富，使黄帝的子孙们不仅有可供衣食奋斗的无垠沃土，也有一个可供幻想的巨大空间。

黄帝庙（即轩辕庙）是汉代所立，因《后汉书·祭祀志》载："古不墓祭，汉诸陵皆有园寝，承秦所为也。"据史书记载，黄帝执政百年，111岁寿终。黄帝为五帝[①]之首。黄帝时代有许多发明创造，如"制冠冕，垂衣裳，上栋下宇，以避风雨，礼文法度，兴事创业"。黄帝时代还发明了黄帝历，"天干地支，组成六十甲子，用以计算年月日"。因此，毛泽东同志在1937年的清明，为共同抗日大计与国民党大员共登桥山，恭祭始祖时撰文道："赫赫始祖，吾华肇造……民族阵线，救国良方；四万万众，坚决抵抗。民主共和，改革内政；亿兆一心，战则必胜……经武整军，昭告列祖；实鉴临之，皇天后土。"伟大的革命先行者孙中山先生也在祭文中说："中华开国五千年，神州轩辕自古传。创造指南车，平定蚩尤乱。世界文明，唯有我先。"

拜黄帝，侧有售香的生意，垂问之，答曰每炷45元。大抵也算是

---

① 五帝：黄帝、颛顼、帝喾、帝尧、帝舜。

普天之下最贵的香了。焚香之后，欲跪拜时，仪礼者说，可以给自家人祈福。我说，我到此处来是为中华民族祈福的。三拜不行，非九叩不能遂我之心愿！

　　恭恭敬敬拜罢了，又去击钟九次，亦为九州祈福。

　　此刻，泪已千行。

03
行走中国

黄河壶口

　　从延安乘中巴去黄河壶口，大约需走三四个小时崎岖不平的土路。这样，一行人到了壶口已快到晌午了。

　　迎着湿湿的黄河之风，站在圆洼处的滩涂上，但见低吼着的黄河之水淼淼然，滔滔然，拨山推岭，从西天奔腾而来。此时，人立刻便有了一种悬至高空般的自豪之感——那是何等非凡的自豪，何等非凡的享受呵！

　　黄河之水到了壶口，河床突然峭壁般地悬空了，并变得十分狭小。此时，浑厚的黄河水立刻现出了巨龙的身形，向前一跃，腾空而起，并顺势向百米之下的龙槽俯冲下去。瞬时间，激流如雷吼般地轰然下瀑，千迸万溅，万叠千旋，形成了"天下黄河一壶收"的壮美奇观。此情景真是人间天上难寻。我单腿跪下来，掬了一捧黄河水喝下去。黄河水有一点儿土的味道，喝下去，便

黄河壶口

有无端的泪水在心里面流了，我想，一个伟大的民族有时候也是需要流泪的罢。何况，这毕竟是中华民族的生命之水呀。我相信她能带给我神奇的力量。

黄河的对岸是山西省，黄河的这边便是陕西省了。隔河相望，此岸彼岸，既是相逢，也是离别。

据说，船只到了这里就要走一段陆地了。船工们用滚木将船只移送至壶口的十里龙槽，与壶口挥手告别后，船只再继续前行。黄河两岸，已被古老的黄河之水削成了层层的岩片，千仞万载般锋利地簇拥着黄河走远了，走远了，直至浩瀚的大海。

在黄河的高岸上，我同一个赶驴的陕西老汉一起喝茶，并聊了起来。老汉一脸沧桑，但人却极致的平和。他就出生在黄河边，今年已经六十六岁了。他说："黄河十年九旱哪。"我问他黄河水最大的时候是个啥样子，他说："嚯，那可了不得，水都到咱坐的地方了。"我接过他的旱烟袋叭叭地抽了起来。天然的旱烟很好抽，有一股淡丝丝的甜味儿，一缕白烟在黄河的上空袅袅地飘开去了。黄河边的人过得好滋润嘛。我见烟袋上拴着一个绣着彩花的荷包，便问："是你老伴儿绣的吗？"老汉一脸甜蜜地说："是啊是啊。"我问："是爱情么？"老汉呵呵地笑起来，说："对，对，爱情，爱情。"

看来，到了这里，一样的爱情别样的甜哪。

随后，一行人在黄河边唱起了那支荡气回肠的《黄河大合唱》。当唱到"保卫家乡"后是要空一拍的，然而一行人总是掌握不好节奏。我说："这空的一拍，除了艺术上的因素之外，更是一种歌者的气度，光想到保卫家乡是不够的，稍许顿悟之后，要一气呵成唱到'保卫黄河、保卫华北、保卫全中国'。"之后，一行人再唱，果然很好，既有顿悟的昂扬，也有艺术上的凌厉。我们的民族不仅需要无声地反省，更需要高声地呐喊……

青海湖

在从西宁去青海湖的路上，途中有很长一段正在修路，中巴得绕行。在绕行的途中，没想到青藏高原上的土很松，一路上至少有五六辆载重卡车陷在路旁，等待救援。有的司机和货主甚至在荒原上用石头搭起了野灶，点火烧热水。先前，我只是听说青藏高原由于海拔高，水烧不到100摄氏度就哗哗开了。做吃的东西，特别是煮饺子都不行。不过，我们一行人在西宁吃的水饺挺好的，感觉一切正常。谁知道这是怎么回事呢？

经过四个多小时的行驶，中巴终于抵达了我国最大的咸水湖——青海湖。

青海湖像大海一样。

据文字资料显示，青海湖的面积约4500平方千米，蓄水量约为890亿立方米。站在青海湖边，同站在大海边的感觉完全相同，同样的浩渺无边际，同样的蔚蓝而深邃。

有一个神话传说讲，中国有东海、北海、南海，唯独没有西海，所以上苍才移大水至这里，命之为西海。这大抵是"衡"的文化态度罢。这儿的人现在也称青海为西海或仙海。

在青海湖，有许多骑马或骑牦牛的藏族姑娘向游人兜售骑马的生意。也有不少藏族小女孩拉游人照相。只是偌大一个湖，游人却寥寥无几。

我独自一人徜徉在青海湖边，心情很复杂。我甚至相信青年时代的女友也一定来过这里。只是现在我们南辕北辙，不得相见了。我弯下腰掬了一捧青海湖的水，款款地喝了下去。湖水果然是咸的，犹如人生的滋味呀。

我到青海湖来，原本是为了寻些往日女友的屐痕，同时也想看看作为鸟王国的青海湖。不巧的是，我们来得不是时候，须在五月中旬，鸟儿们才会从它们居住的南国飞到这里。

我拾了几枚湖石作为纪念。在黄河，我拾了黄河卵石；在祁连山，我拾了一块巨大的祁连玉；在这里，我再拾一块青海石罢。

晌午，在一家湖边的小饭店就餐。在饭店的门前，两位服务员给我献了哈达和青稞酒。这家小饭店是由一对在青年时代从东北沈阳到大西北来支边的夫妇开的，已有三十多年了。他乡遇故知，老乡见老乡，自然格外地热情。他们陪我们喝酒，给我们讲这里的风俗，并打听他们家乡的情况。那个汉子的脸已经被日光晒成了紫色，俨然一个藏族同胞了。

看来，他们要一辈子生活在这里了。东北对他们来说太遥远了。

然而，青海对我们来说不遥远吗？

过青藏高原

我们走的青藏高原上的这条路线，是当年文成公主进藏路线中的一段。中巴车经过日月山的时候，能看到半山腰上文成公主的塑像。她身后西边的山便是日月山。传说，这山是由文成公主毅然丢弃的那面思念故国的日月宝镜形成的。

我们走的这条路线也是古丝绸之路的一段。从长安出发，这儿是必由之路，是一条荒凉艰苦的路线。

行路难呵。

一路上总是傍着那条雪水河蜿蜒前行。河滩上偶然见到几处藏族人家，处处可见被称为冰山"白色之舟"的牦牛。据说白色的牦牛最尊贵，是藏族人民几千年来的图腾。有人称藏族是"牦牛脊背上的民族"。

攀上日月山，海拔已经高达3800米。俯仰之间，已有头晕的感觉了。如果同样有高原反应的文成公主是在这样一个海拔高度，在如此缺氧的情况下扔掉日月宝镜，她就不单是一个远嫁的公主，更是一位大唐的女政治家了。

路上偶尔有负载累累的长途汽车驶过，但见车上的藏族同胞从车窗往外撒一些纸片，纸片上印着各种神佛图像或经文。经打听才知道，这些纸片象征好运与神灵的庇佑。

在中巴车行驶途中，常能看到用石头堆起来的玛尼堆，上面挂满了哈达和经幡。经幡有五种颜色：蓝、白、红、绿、黄。这五种颜色分别代表着不同的意义：蓝色代表着"天空和智慧"；白色代表着"白云和纯洁"；红色代表着"火焰和生命力"；绿色代表着"水和繁荣"；黄色代表着"大地和财富"。据说当风吹过，经幡每翻动一次就等于诵了一遍经文。一路上，这样的玛尼堆随处可见。先前，我对大小兴安岭中的林区人用几块垒起来的石头作为山神爷之神位的做法有些不理解，现在看，一切都释然了。人类的心灵，甚至文化的精髓是相通的。许多本来简简单单的事情与现象，是后人把它们搞得复杂，以致不可理解了。

中巴车行驶在青藏高原上，无论是谁，只要唱歌必然是辽阔的，是尽情的。大自然可以唤起人们心底的歌，即发自灵魂的歌唱。这也是少数民族的歌有那么大的感染力的原因所在了。现在，我们的某些歌者及歌的作者崇拜的不是大自然，而是老师，是毕业于哪所高校，这自然不错，似乎也可以一说。然而，这不是一条真正的路，道理很浅显——那不是源，而是方法。方法在灵魂面前，在大自然面前，该是何等的渺小与卑微呀。

敦煌

从西部最大的绿洲——张掖出发，中巴车需行驶600多公里才能到敦煌。这一路差不多是平原了，也是古丝绸之路的一段。过了敦煌，西出阳关，穿越罗布泊地区，便是茫茫的塔克拉玛干大沙漠了。

中巴车行驶了一半，天便下起了中雨。有关资料表明，敦煌地区的年降雨量仅为40~50毫米，而年蒸发量却高达2500~3000毫米。在西部人的认知中，只有贵人来天才会下雨。只是，雨中的灰色戈壁，反而给人一种荒凉之感。

早年，敦煌是一个县，因了莫高窟，它逐渐发展成为一座极富魅力的旅游城市。一行人下榻在敦煌宾馆，中午的餐食立马呈现出西部的风格，其中有从西域传过来的蒸胡萝卜、蒸洋芋和羊排。最有特点的，是一盘子用烧热的鹅卵石炒的羊肉片。这是一道传统的风味菜。喝的是西凉啤酒。西凉，哦，人在西凉了。

西部之敦煌，在古时类似今之深圳，是一个经济发达的口岸城市。南北行商、东西掮客、骆驼队、马队、僧侣……络绎不绝，沿途客栈林立，相当热闹，特别繁华，是大西北经济和文化交流的重要之地。只是在中西方之间，隔着有"死亡之海"之称的塔克拉玛干大沙漠。所以，无论是西方人到这里来，还是中国人到西方去，都必须做好赴死的准备。

我想，莫高窟的千佛洞大抵就是在这样的情况下产生的。远行的人太需要神佛的保佑了。

我们一行人虔诚地参观了千佛洞。

其实莫高窟的大多数佛洞并不是很大。心中揣测这些佛洞存在的原因，大抵是那些行商、投资人或是还愿者建造的罢。虽然每一个佛洞内的佛尊都差不多，但是你仍然会为古代工匠高超的技艺与虔诚的作画态度感到震惊。在洞窟里的壁画当中，我们甚至有理由推测西方的绘画者从中国人的壁画中学去了很多东西，毕加索的牛、达利的梦幻等等，等等，似乎无一不师承着中国绘画的技法。

先前，在莫高窟前有一条大河，现在已经干涸了。你需要宁心静气才能"看到"昔日之水从河道中滔滔流过的壮观景象。

后来，有了海上丝绸之路，这条东西方的通道才渐渐地萧条下来……然而，似乎正是这种萧条，才保护了莫高窟的千佛洞，才使得今人可以从容地一观昔日的风采，并为之自豪。

嘉峪关

　　翻越祁连山进入河西走廊后，便是一马平川了。就是说，我们差不多摆脱盘山道了。然而，祁连山仍在远处陪伴着我们。前路上展示的则是一株株红柳和一处处奇特的雅丹地貌[1]。

　　再往前，就是嘉峪关了。

　　《通志》上说嘉峪关"南有雪山嵯峨万仞，北有紫塞延袤千里，乃诸夷入贡之要路，河西保障之咽喉"。据说，明洪武五年（1372）征西将军冯胜下河西，兵抵玉门关外，截敦煌以西弃之，在嘉峪山西麓筑关设防。

　　我们一行人抵达嘉峪关时，正赶上中国的足球迷在关下为中国足球队举行壮行仪式。几千个狂热亢奋的球迷聚在那里，连城楼上的"嘉峪

---

① 雅丹地貌：一种由风力侵蚀形成的独特地貌，常见于干旱地区，地表呈垄岗状或塔柱状。主要分布在中国新疆、甘肃和青海等地。

关"三个字都被巨幅标语遮住了。

我曾几次去过"天下第一关"的山海关，一直想着有朝一日能亲临嘉峪关。今天算是如愿了。

作为关城，嘉峪关似乎更为军事化，更为智慧，也更为充实。关城可谓城中有城，关中有关，道道机关，处处罗城。一不小心，就会被守关的将士来个瓮中捉鳖。

嘉峪关不同于山海关，它是用黄土筑成的，但工艺要求却十分苛刻。先是将筑城的黄土筛细，再铺在青石上让烈日暴晒，把藏在其中的草籽晒死，然后掺上糯米汤，层层夯实。之后，弓箭手用利箭射墙，箭射不进去、落地为合格，否则就要推倒重来。是啊，国防大事，不可等闲视之。

西汉的张骞、东汉的名将班超、唐代的高僧玄奘、清代的林则徐，都曾在此关经过、驻足，并留下他们的功绩，成为一个民族的自豪与骄傲。嘉峪关在现今，不过是一个历史遗迹，或是一个旅游景点，然而在古代，却是天下第一雄关，可让子孙万代感慨不已。

西域行旅

十六年前我曾经去过新疆，清楚地记得飞机在接近地面时，听到秋雨敲打在机身上的声响，那种感觉很奇妙，在以后的飞行中再未有过。这是我对新疆的第一个记忆，至今还能感受到那清脆的雨声、潮湿的空气，甚至还记得下了飞机躲在廊下避雨、看雨的情景。

在记忆中，当年乌鲁木齐的地窝堡机场是很简陋的。然而，简陋有简陋的韵味，简陋有简陋的风情，或者正是这种简陋构成了一种神秘与迷人的向往。记得翌日清晨，阳光灿烂，独自一人走在布满残雨的街上，整个乌市静悄悄的，绝少人影，只有做馕的小贩在馕坑里点火。这让初到新疆的我感到困惑。当地人告诉我，新疆与内地有将近两个小时的时差，清晨人们还未开始活动。我这才了然。

西域的风情自此拉开了序幕。

天山天池

天山的天池古称瑶池，相传是西王母开蟠桃盛会的地方。池旁边也的确有很多蟠桃树。"哈萨克"在突厥语中，除了形容刀剑的锋利，还有一个含义是"广袤草原上自由迁徙的勇敢、自由的人们"，这和哈萨克族人民的形象也很符合。他们的祖先曾生活在河西走廊，后迁徙至新疆。骏马和歌声是哈萨克人的两只翅膀，他们崇尚鹰，会用鹰骨做一种鹰笛，声音传得很远。

唐代高僧玄奘去印度取经时也经过这里。他在《大唐西域记》中对托木尔峰分水岭一带的惊险环境有过生动的描述。据传一代天骄成吉思汗也曾登上过天山的博格达峰。

早年，去天池的路相当迷人。还记得在山沟里，成队的运货骆驼在那里休息，天山的雪水奔腾而下，哈萨克族妇女在那里用桶打水，给我们煮手把肉吃。在山上的草坪那儿摆了几个烤羊肉串的铁架子，烤羊肉串完全是自助的。我们还到哈萨克人的毡房里做客，吃当地特色的油炸食品（记得有一种油炸食品和法国大作家的名字一样，叫巴尔扎克），喝淡藕色的奶茶，欣赏哈萨克女孩子那简单而迷人的舞蹈。旅者的心一下子就宁静下来，记忆中的一切都像油画一样存在脑海里，又像画册一样一页一页地翻阅着。

我们走在去天池的路上。

先到阿米尔饭店吃烤馕。馕是喀什维吾尔族、塔吉克族群众日常生活必备的食品。据说馕的品种很多，大约有五十种，都非常好吃。我甚至认为，东北人和新疆人在口味上几乎是一致的，这可能和两地的自然风貌有关。

已经过了白露了，路边的松树上落满了白雪，游人很少，天山变得异常宁静。我们走在布满冰碴儿的路上须小心翼翼，听着从远方刮来的风将雪沫子洒在行人的脸上，仿佛是来自远古的絮语在耳边轻轻地响着。

天池就在眼前了，蓝得像一块凝固的玉。天气很好。天池又像一面巨大的镜子，将天空中飘浮的白云倒映出来，有小船划破这蓝色的宝石，一下子让天池和天山充满轻柔的旋律。

在天山，应该逗留更长的时间，应当坐下来，久久地凝视它，想一些事情。想那些曾经到天池来的人和从天池离去的人，想那些古往今来的探险家、文人和勇士们。这一切都看不到了，好像一个空空的只有布景的舞台，让你怅然若失。

吐鲁番

我们是按照玄奘大师取经的路线走的。吐鲁番是丝绸之路上一座有两千年历史的古城。十六年前去吐鲁番的时候，我是和两个诗人、一个编辑租了一辆车去的。那时的路很简陋，现在都是一级公路了。还记得那次到吐鲁番是中午时分，砂石铺就的街道上空空荡荡，没有几个行人，说它是宁静的村庄也毫不夸张。记得我独自一人穿过马路去了对面的新华书店，一个维吾尔族女服务员对我说，这里没有汉语书。于是，我又从那里走了出来，再次穿过马路，到烟摊儿花两块钱买了一包莫合烟的烟丝。我边抽莫合烟边看维吾尔族妇女和赶着毛驴车的男人从街上走过，像水彩画一样。而今的吐鲁番已经是一座现代化的都市了。

烤全羊

中午，吃烤全羊。我过去吃过几次烤全羊，但从未吃过新疆的烤全羊。据说，烤全羊是喀什最名贵的菜肴之一，它色泽黄亮，皮脆肉嫩。另外，听说喀什的烤羊肉串儿风味特别。外酥里嫩，肉质鲜美。撒上孜然、辣椒面、精盐，在炭火上翻烤几分钟就可以吃了。还有更讲究的，说是在羊两三岁的时候，把它牵到一个地方圈起来，给它喂加了孜然和花椒的草料。这里的羊是用葡萄枝烤的，将羊头朝下（羊油都在屁股上嘛），这样一烤，羊尾油就会化掉，淋到羊的身上。烤半小时之后，羊的表面就会脆脆的、黄黄的，肉是嫩嫩的。吃的时候先要有一个简单的开羊仪式，会把小羊打扮得很漂亮，头上系上红色蝴蝶结，嘴巴里含着香菜或是芹菜，不管是小伙子还是姑娘推上来，都会学着羊叫，然后请这个团队的最高长官来做这个开羊仪式。如果最高长官不方便或者谦让，那就在这个团队里找个肚子最大的男人（说明这人像巴依，即地主）来开羊。

大家推举我这个年岁大的当"巴依老爷"。按照当地风俗，必须由"巴依老爷"吃第一口烤全羊。两个新疆姑娘一边学着羊叫，一边把羊推进来。我被旁边的几个新疆朋友装扮起来，穿上长袍，戴上绿色的小花帽。新疆有一句话叫"男人爱把花帽子戴"，他们认为绿色是生命、财富和权力的象征。

接着，我的耳边被他们夹上香菜，据说这也是一种风俗。在这种情况下，再沉稳的人也不免犯傻，我开始傻笑起来。接着，我按照两位维吾尔族女孩的指导，切下第一块羊肉放到嘴里，大家就欢呼起来。大家开始吃烤全羊，每个人都显得很兴奋。喝过酒后，我的蠢话就开始出现了。胡适先生说，旅行最能看出一个人来。先生说的话果然不假，不过没什么可遗憾的。然后，两个新疆女孩开始给我们跳舞。接下来，大家集体跳新疆舞。大约欢乐了两个小时才结束。

喀 什

喀什是维吾尔族聚居的地方。维吾尔族约占这里人口的90%。这里仍保持原生态，民族氛围比较浓。喀什的全称是"喀什噶尔"，意为"玉石集中之地"或"玉石之城"。到喀什经常会听到这样一句话："没到过喀什等于没到过新疆。"还有一句话叫："不到新疆不知中国之大。"

喀什的夜景非常迷人。旁边这条河叫吐曼河，是流经喀什市区的唯一河流。"吐曼"是维吾尔族语，翻译过来是"雾河"的意思。那是一条地下河，因为地下水温度比较高，所以冬天不冻也不干，上面有一层雾气。

喀什在塔克拉玛干的西面，楼兰古城就消失在塔克拉玛干沙漠里。喀什也是我国最西边的城市，周边与巴基斯坦、塔吉克斯坦、吉尔吉斯斯坦、阿富汗等国接壤，有"五口通八国，一路连欧亚"之称。

在古丝绸之路时代，这里是南北道的一个交会点。丝绸之路很长，约有7000公里，加上分支之路，总长约有8900公里。一般商人把丝绸之路全走完几乎是不可能的，他们只走自己熟悉的那一段，到一个地方之后，把货物卖给走下一段的人。喀什自古就形成了一个大巴扎，即贸易市场，是一个交换商品的地方。带着丝绸和茶叶的商人将其卖给另一拨人，然后带上当地的货物往回返。

喀什还是"歌舞之乡"和"瓜果之乡"。疏勒舞、波斯舞和印度音乐曾享誉长安；甜瓜、西瓜、葡萄、石榴、无花果、巴旦木等是维吾尔族人民珍视的瓜果。喀什是维吾尔族的摇篮，堪称"新疆历史的活化石"。

帕米尔高原

"帕米尔"是塔吉克语"世界屋脊"之意，海拔4000～7700米，拥有许多高峰。

帕米尔古称不周山。屈原在他的《离骚》中就有"路不周以左转兮，指西海以为期"的诗句，《淮南子·天文训》亦有对"不周"的描述："昔者共工与颛顼争为帝，怒而触不周之山，天柱折，地维绝。天倾西北，故日月星辰移焉；地不满东南，故水潦尘埃归焉。"因此山域多野葱或山崖葱翠，汉代又以"葱岭"相称。从塔里木盆地的第一大城市喀什乘汽车需一天才可到达帕米尔高原上的塔什库尔干，但单程到喀拉库勒湖仅200千米。

沿着帕米尔高原向喀拉库勒湖进发，在大巴进入高山之前，先租了几个氧气袋，因为那里的海拔在3700米左右。在用中午饭的小饭店里，还可以免费喝到红景天茶，据说它可以防止高原反应。在这个小饭店的对面，是一个维吾尔族老人的住宅，很简单的栅栏院，几头牛在外面的红柳下悠闲地走着。

红柳被称为沙漠女英雄，八九月份开一种红色花朵，非常好看。而被称为男英雄的胡杨树并不多见。红柳是一种灌木，虽然地上部分纤细，但地下根系却很发达，最长可达30米，对防风固沙有非常大的作用。据说红柳的根部还寄生着一种非常好的东西，叫肉苁蓉，滋阴补肾，新疆人用它泡酒喝。

路过布伦口时，已经是海拔3200米的高度了。布伦口正在建水电站。大片的水面上结满了冰，正平静地漂浮着。远处的山呈乳白色和淡褐色，西域的风情扑来眼底。我们在这里拍照、休息。

雪山渐渐地多起来，虽然我们面前的雪山海拔都有五六千米，但是近在咫尺，你感觉不到它的高。有时候会看到贴着山壁翱翔的黑色骸骨鹰和突然惊飞而起的雪鸡。山下的雪水河恣意而舒展，展现着山和云的倒影。行人越来越少，车辆也越来越少了。偶尔看到几个骑摩托的人从大巴前面疾驰而过。这时候，已经可以远远地看到慕士塔格峰和公格尔九别峰。到了这里，心情非常激动，甚至有一种神圣感。

慕士塔格峰被称为"冰山之父"，海拔7546米，是西昆仑山脉的第三高峰。慕士塔格峰终年积雪，山顶冰层厚达一二百米，主要冰川有十多条，塔合曼河、盖孜河、库山河都是从这里发育的，灌溉着周围的绿洲。据说，雄伟壮丽的慕士塔格峰每年都要接待几十支来自国内外的登山队，每年七八月间，两道大冰川之间的台地上那些星罗棋布的各色帐篷以及身着各色服饰、操着各种语言的登山者成为这里一道独特的景观。

眼前的慕士塔格峰、公格尔峰及公格尔九别峰，三峰耸立，如同擎天玉柱屹立在帕米尔高原上，成为帕米尔高原的标志。与慕士塔格峰遥遥相望的是公格尔峰，海拔7719米，是昆仑山的最高峰，山顶常年积雪，山间悬挂着条条冰川，十分壮观。这里的确是冰山与雪山的世界、神圣的世界，站在这里能净化你的灵魂，让你更加纯粹。

03 行走中国

呵，终于看到了喀拉库勒湖。"喀拉库勒湖"翻译过来是"黑色的湖"。但在我们眼里，湖水并非黑色，而是呈蓝宝石的颜色，慕士塔格峰、公格尔峰和公格尔九别峰倒映其间，湖光山色雄秀柔美。在这里生活的民族除了维吾尔族，还有被称为"戴皇冠的民族"——塔吉克族。乌·白辛创作的电影《冰山上的来客》讲的就是塔吉克族人的故事。

天开始下雨了，这与我十六年前来到新疆时一样，同样是爽人的小雨。

竹高千尺　溪水流长

阳春三月，赋闲在家，在小楼上读古人的诗。当如醉如痴地读到宋人陆游的"小楼一夜听春雨，深巷明朝卖杏花"时，野先生的短信来了，正所谓莫愁前路无知己，人生何处不逢春。野先生短信的大意是，大好春光，何不一游？欣欣然，即刻放下古人的诗书，心想：读万卷书终究还是要走万里路。准备行囊，来一次年轻人常说的"说走就走的旅行"。

此行目的地——湖北竹溪。

去竹溪

说到湖北竹溪，我曾在十五年前（人生有几个十五年哟）应野先生的邀请去过一次。那同样是一次文人的雅会。不同的是，那一次我坐的是夜行的老式火车。虽然对野先生谎称我得到了卧铺票，其实我坐的是硬座，且三人的硬座坐了四个人，其中还有一位约一个半人宽的胖女人，她一路上打着长号似的呼噜，似乎是在诉说着自己的种种不幸。我心想，真可怜哪。但这样的小辛苦，这种别样的体验，对喜欢写作的作家来说却是妙不可言。

虽说十五年过去了，但去竹溪的山路我仍记忆犹新。我清晰地记得那条山路，不是十八弯，也不是一百八十弯，大约有一千八百弯不止。这绝非寻常文士的夸张。记得一位湖北籍女作家就曾被弯弯曲曲的山路搞得呕吐不止。

联想到一位在大学教语法的朋友曾经问我，什么叫"弯弯曲曲"？当时我觉得这非常可笑，"弯曲"就是"弯曲"，有些词语是不可以穿凿附会的。他说："这不行，你不能对学生这样讲。"我说："先生，那就请您给解释解释。"他说："'弯弯曲曲'就是'弯上加弯，曲上加曲'。"我当时还拊掌笑他迂腐。可是那一次的山路之行，却让我对"弯弯曲曲"有了新的体验。我本是一个晕车的人，奇的是那一次竟然没晕，真是让人大感不解。

在那盘旋的路上，有诸多感慨。车子行驶在彩虹飞舞似的山路上，如同翻阅偌大的画册，一弯一景，这三千六百弯就是三千六百景，且景景姿态各不同，山花水树亦相异。恍惚之间，这条路疑似是去天上瑶池的仙路啊，让人有一种飘然兮羽化成仙的快感。现在回过头来想，那一次我之所以不晕，必是上天的眷顾和美景滋润的结果。

在如此绝佳的美景之中，我内心有一丝文人式的苦闷。我在想：这漫漫兮三千六百弯的山路大约要走五个小时，虽说环环相衔的绝妙山色是人人称奇的美景，是人间仙境，是天上的瑶池，然而这过山车似的三千六百弯，如何能吸引五湖四海的寻常百姓到这里一游呢？噫吁嚱，弯道之难，难于上青天。

到十堰，正逢春意盎然的楚天下着霏霏小雨，来程倒了两次航班的疲劳刹那间一扫而光。我的神哪，这就是中国文学的两大源头——《诗经》和《楚辞》的发源之域啊，更是荆楚文化的发祥地。我虽然不能算是一个纯粹的文人，然而多少年来，对中国文学始终充满崇高的敬意，到了这片神奇的土地，自当深深地鞠上一躬。

上了接我的车子，倏忽间心中不免有些忐忑：从这里去竹溪怕是又要走三千六百弯了吧？在来之前，愚钝的我还是做了一点儿准备，专门从网上购得一瓶晕车油，以备晕车时用，如此可免让久经弯路的竹溪人笑话。不仅如此，上车之前我还郑重嘱咐专攻散文写作的内人，早饭万不可以吃得太多。车上，我佯装不经意地问司机："师傅，去竹溪的路怎么样？还是要走山路吗？"师傅说："现在去竹溪清一色的高速公路，两个小时就到。"竹溪人也太伟大了，仅仅用了十五年，就在这群山峻岭当中架起了一条如此便捷的高速公路。

驱车去竹溪

伴着轻柔的春雨，车子沿着绵延起伏的大巴山脉，在高速公路上悠然前行。竹溪，位于鄂、渝、陕三省市交界的秦巴山区，森林覆盖率高达76.8%。我贴在车窗边，在这高山重嶂、山水纡曲当中，极力地寻找曾经熟悉的山影水色。我虽不是诗人，但是触景生情亦生诗情，诗情毕竟是每一个中国人骨子里的存在呀！"春路雨添花，花动一山春色。"这雄奇的山，这柔情的水，这环峰叠嶂、山势回抱、群峰四来的春山春水哟，在高速公路两旁像阿拉伯神话里的神毯似的，不断地向前延伸着。我记忆中的那些老旧的农舍、简陋的村寨，像是被神笔马良大笔一挥，全部抹掉了。在苍翠的山峦和嘉树美竹之间，在银色且

03
行走中国

高贵的汉水两岸，用他那如椽大笔描绘出一幢幢如梦如幻的漂亮农舍，俨然别墅群般的村镇。我本布衣，但也曾去过德国的法兰克福，曾被异邦的那座森林城市所打动。然而，俗话说得好啊，此一时彼一时也。眼前这所有的一切，形象的、优美的，无可争辩地向我证明，在中国的湖北，在湖北的十堰，在十堰的竹溪，这一座座悄然矗立在森林里的，纯粹中国风格的小镇，比之德国的法兰克福更胜一筹，更妙十分。于沉醉之中，心悦诚服的我不禁感慨起来：湖北人，十堰人，竹溪人，用他们的创造力，用他们的智慧，用他们的审美和梦想，让山环水绕的鄂地山区再一次焕发出了无限的生机。

竹溪的魅力不仅仅在于她天然去雕饰的美，更在于她雄奇博大又风情万种。是啊，去竹溪这一路哟，三千六百弯镶嵌着三千六百景，重重叠叠，参差错落，处处可圈可点。试问，普天之下哪里还有如此长的天然画卷呢？

人在竹溪，您就是神呵。

朝秦暮楚　古韵犹存

外乡人到了竹溪，俗也好，雅也好，不去看"朝秦暮楚"的古长城，胡为乎来哉？虽说长城无语，但它毕竟是千年的存在，更是一部无字的历史长卷。试问，哪一个在它面前不是匆匆的过客呢？古代的楚国、比邻的秦邦，都是中华民族的骄傲。文化同源，语言同脉，你中有我，我中有你，绵延几千年。这情的故事，这义的传说，流传到今天就是旷古的伟大奇缘，怎是一个"朝秦暮楚"的成语能涵盖的呢？然而不然，它恰恰是一个妙不可言的索引，一部历史的导言。正是这条神奇的路径，让天下千百万人到这里寻幽访古。在他们看来，人这一生无论如何都要过上一段神仙似的生活，那才是完整的人生。

雨，如同轻柔的丝，还在柔柔地飘着。站在朝秦暮楚的古城之下，留个影吧。在城的这边，您是楚国人；在城的那边，您便是秦国人了。而今，您不仅仅是竹溪人，更是中国人。这样的体验是何等奇妙啊。

下榻营盘山

人就是这样，在怀旧当中常常伴随着小小的失落。车在平坦的高速公路上悠然地行驶时，反倒让我怀念起先前那盘旋不断的山路来，仿佛去竹溪的味道与别样的体验因此减了分。普客列车与高速快车，平坦的高速路和"弯上加弯，曲上加曲"的山路，一如三月桃花和四月牡丹，您说，究竟哪一个更好呢？我的一个学者朋友曾经说过："什么叫自然？自然就是自然而然的。"既如此，那就顺其自然罢。或者主人早已料到外乡人的心境，居然让车子转上了一段不长的盘山路。这迷人的盘山路哟，还是十五年前的盘山路。同志哥，这可不是一条普通的盘山路，它是一条历史之路，是一条有故事的路、有传说的路，更是一条有情有义的路啊！车子在山路上行驶，如同苍鹰在天上盘旋。这样的体验在高速公路如丝如网的今天，能有几多呢？

说到营盘山，几十年来，在当地人中间一直流传着攻守营盘山的古代故事。不要以为这铁血般的故事是传说，同志哥，您只要在山上掘地一尺，就极有可能发现古代兵器。更加神奇的是，在阴雨天、在黑夜里，尤其在雷雨交加、阴云密布的自然天象中，竟然有人看到了阴兵在山上巡查，个个兢兢业业，一丝不苟，千年不变，恪守着士兵的操守和严明的纪律。

营盘山其名何来哉？它是因古代的兵营而得名的。那一天，同仁们都去爬营盘山了，我仅仅上了一半儿，便被一个俗世的电话打断了行程。不免遗憾。只好随着下山的同仁们悻悻而归。

下榻的山舍就在山泉边。是夜，万籁俱寂，轰然下落的山泉声，沙沙作响的竹林曲，抚我酣然入梦。不知何故，半夜时分，有人轻轻敲门，我起身出舍，见一个身着戎装的古代士兵笑容可掬地说要引我上山。我便随着这个士兵向山上走去。空山明月，我与这位领路的士兵行走于嘉树美竹和云雾之间，忽而东，忽而西。平时老汉上楼梯都气喘吁吁，然而在这条山路上居然健步如飞，仿佛羽化成仙了似的。越往上行，山路越发险陡，是啊，坡陡、路弯、林密，正如诗人杨万里写的"正入万山圈子里，一山放过一山拦"，心想：这兵营确实易守难攻。继续前行吧。一路上到处都是翠竹、楠木、山茶、珙桐和红豆杉，尤其是白色的莢蒾花，浮云似的随处可见。那夹峙在飞珠溅玉、冷入肌骨的山涧两旁的是萧森的林木、千尺的翠竹。让我惊了又惊，醉了又醉。不远处的那条银链似的瀑布，呵，不仅有镜泊湖瀑布的粗犷，还兼得中国最柔美的瀑布——银链坠潭瀑布的婀娜与柔情。难道这就是传说中的女儿瀑吗？山道上，时见守山的士兵向我敬礼。我倒大方，学着长官的样子向他们点头示意，可心里却是笑喷了。

到了山巅，豁然开朗。但见漫山遍野的野海棠如似云涛，如同朝霞，如若锦缎一般变换着颜色。

我正欲进去看个究竟，却被那个士兵拦住："先生，这就是'海棠阵'，外人进去，终身难出。"又说："主帅听说先生白天因故没有登山，便令我领你到山上，观赏这天下绝无仅有的野海棠，以遂先生心愿耳。"说话间，有人献上茶来。

我呷了一口，说："好茶啊。这是什么茶呢？"

士兵说："我们在这里屯兵习武，垦荒植茶，所以将这茶起名为'习武剑茶'。"

"好名字，花则海棠，人则武士，茗则剑茶。好！"又问，"习武，我可以理解，那为什么叫剑茶呢？"

他说："先生您看，这每一枚春芽像不像一把微型宝剑？"

我仔细一看，果然。

士兵说："不仅如此。这营盘山漫山遍野都是珍贵的药材，黄连、重楼、天麻，数不胜数，采之不尽，用之不竭。若是哪位同袍生了病，是不愁医药的。"

临别时，我说："习武剑茶真是人间妙品，可否送我一点儿？"

士兵说："先生，您的客房里就有。"

听罢大悦。

下山的路依然是参差而出的青篁翠柏、如烟的碧树和森然的古木，簇簇悠悠，纷至沓来，照例让人目不暇接。遗憾的是，这种种夺目的美景，竟无暇记忆。归来思之，十不得一。雄鸡一声，陡然醒来，方知人在梦境中。

竹溪美食的羁绊

已是中午时分，尽管流连忘"饭"，但饭还是要吃的。餐桌上一大盆热气腾腾的"盆菜"夺人眼目。据说，盆菜是竹溪一等的特色美食。盆菜汇集了土鸡肉、猪蹄、香菇、蛋饺、土豆等，灿然锦色，香气袭人，味道十分鲜美，初闻便令人垂涎欲滴了。不料想，让我这半个美食家惊讶的是，盆菜中的土豆居然是那样的好吃。须知，咱东北是土豆的家乡啊。咱东北的土豆滋养着世世代代勤劳的、朴实的东北人哪。

难不成这土豆是从我们黑龙江运来的吗？黑龙江的土豆经过千里的旅途，升华了，味道才更胜一筹么？这不是咄咄怪事吗？野先生说："这里的土豆要比黑龙江的土豆在地里多待两个月，所以非常好吃。我们还用土豆泥做成饼，更好吃。老哥，一会儿你可以尝尝。"我暗自思忖：古人说"早生必聪慧，晚生必长寿"，这分明是长寿果啊。

餐桌上的另一道菜也引起了我的特别注意，就是腊肉。这里的腊肉从表面上看像坚硬的玛瑙，可是当你把它放到嘴里准备用力嚼的时候，它瞬间变得绵软、醇香。如此看来，怕是我再走不出营盘山美食的羁绊了。

晚餐后，野先生让我给竹溪留下点儿墨宝。可我哪里会写什么毛笔字呢？不过，我是业余的，我怕谁呀？便提笔写下了"竹高千尺　溪水流长"八个字。

聊备一格，是为记。

人在温莎城堡

　　从冰天雪地的黑龙江，到四季常夏的海岛，转而又去了拥有十万大山的贵州。这马不停蹄的跨年生活虽说极富动感，但毕竟鞍马劳顿，难免疲劳。这一次是赴江西广丰的铜钹山。吉人天相，竟有小雨陪伴，疲劳顿消，不亦乐乎。

　　通常，乐远足者不喜欢雨天，一见天色阴霾，小雨淅沥，便觉得生不逢时，行不顺畅，不胜惆怅。然而乐雨者如我，竟喜遇广丰辽阔的爽雨，十分兴奋。此行有雨作伴，观山景，看水色，是苍天对洒家的大恩惠呢。

　　出古韵如画的小城，走洁净如洗的苍巷，入目入心的民间风度叫人目不暇接，一一存入心中。不过半小时的路程，车子便开始上山了。说来，这铜钹山在神州诸多名山名岭之中，似有几分深藏避世的老练与孤傲拔俗的卓然。正是如此的个性，一种不明就里的神秘勾得我非拜访不可了，更何况老天赐我喜雨呢。

车子停在了一碧如玉的九仙湖畔。一下车，便步入国画泼墨似的云雾之界了。放怀放眼，环而观赏，这漫天的雨雾哟，亦浓亦淡，亦深亦浅，若飞若流，若山若水，在峰林之中腾挪游弋，肆意飞渡。仿佛这勾连的峰峦、层层的翠嶂，俨然丹青高手笔下的绝世之作，以呈天国的幻景。再俯瞰这如酥的小雨，流雾环衬的九仙湖于万点的涟漪之中，于轻拨慢弹的仙乐之中，水色、雾色、山色、林貌，悄然地融为一体，斯境无声且有声，有声若无声，正是这天籁将变幻的雨峦、曼舞的轻霭，阔阔地揽入怀中，亦将万顷湖水化为轻柔的帛，绘成一幅绝妙的水墨丹青的巨幅画作。

我擎着一柄客家的伞，观赏伞外那如帘的亿万雨丝。这从天庭瀑下密密匝匝的雨丝，如竖琴的银弦，错落有致，似断非断，随风伴雾，从容滴落。这曼妙的神韵哟，在客官不知不觉时，已将他的五脏六腑荡涤得清清爽爽了，不仅获得了脱胎换骨的大痛快，人似乎也年轻起来了。在这天赐的沉醉、天赐的大美之中，灵魂也随着这云山雾雨飞腾了起来。哦，这大抵便是羽化成仙的感觉罢。

爽爽的天之乐还在演奏着，绕山遮水的雨雾依然环绕在你的身旁，恍惚之间，轻柔的山风将雨的絮语送到了你的耳畔。这来自山水的情话哟，只可意会却不能言传。

有道是，铜钹山是有历史的山，有文化的山，有故事的山，有个性的山，有血性的山，有魅力的山。这博大且神秘的铜钹，这浩渺深邃的九仙，在我这个喜雨者的心中，更是一座有情有义且风情万种的山啊。

东三省辽阔的大野，在春界里，其实并无怎样优秀的展示。眼前这牵连不舍的土地，尽管逝冬的枯枝衰草仍是飒飒不绝，供我这个火车上的远行旅客观赏，然而，春的气息、春的氛围，无论在残冰浮走的野河上，还是在灰雪消融的远村中，已处处可以嗅到了。

东北的春天，毕竟是春天呵——

火车驶过了凭空而来的古长城，算是走了三分之一的路程了，日出日落，再过了儒家发祥的圣山圣土的泰山属地，那么，地处江南的古金陵便翘首可待了。

"凌厉越万里，逶迤过千城。"火车进入江苏地界，车窗外竟是一派春染的新绿了。老百姓说江南春来早，果然不谬。

抵达南京，正逢满城雨响。仰观弥天而射的亿万条雨丝，暗想，是不是我这个东北佬赶上了南方的梅雨季节呀？

六朝宫阙、十代都会的南京，于今其古风古姿似已失去十之六七，已然是一座大厦云连的现代化都市了。或许这样更好，人类总要开创自己新的生活，旧的生活与旧的生命终归是旧的，新的生活与新的生命应当拥有别于古人的新世界呀。

洗漱之后，我便独自出去走一走——雨中漫行，不仅可以让人有畅然玄想的自由，而且也是自家的一份享受、一种嗜好。

雨路上的江南人，大都长得偶然而俊丽，似乎让外乡人分不出他们的个性来了。这真是外乡人眼中一桩有趣儿的风景。

小雨中，我去了金陵的秦淮人家。我依稀记得，秦淮河是古往今来文人墨客的风流展痕之所在。那篇《桨声灯影里的秦淮河》，使许多看客心迷神醉，慨然击节。夫子庙、江南贡院、桃花渡、李香君的故居媚香楼，乃至风味小吃、花鸟鱼市，都让人大开眼界。"青砖小瓦马头墙，回廊挂落花格窗"，秦淮人家的朱漆曲廊中，处处有文人墨客的题诗匾，当我读到"雨观瀑布晴观月"时，方参悟出，秦淮古肆的古情古韵非小雨而不能品出其中三昧的道理来了。

在秦淮人家，也去了那座让我牵怀多年的文德桥。漫步桥上，拍遍了栏杆。小雨中，记得少年时，我在旧书摊偶得一本民国版的短篇小说集，名叫《魂断文德桥》，这本书我读过许多遍，从那本书上得知做人、作文当有"率真"二字。后来，这本小说集被朋友借去，竟不慎丢了，十分可惜。但是，我在少年时代便知道金陵是出才子的地方。

雨中，我撑着一柄玄色的绸伞去了玄武湖。雨中的玄武湖，一碧如天，开人襟怀。玄武湖曾是六朝帝王的游乐之所，有文字说："四周钟山烟岚，九华塔影，鸡鸣古寺等如画环列。"在玄武湖，我观赏到了浓艳逼人的郁金香、妖娆媚气的小桃红和楚楚动人的西府海棠，古人说得好："海棠不惜胭脂色，独立蒙蒙细雨中。"其情其韵，烟雨中品来好不绵长。

一柄绸伞之下，我又品尝了那里的牛肉绿豆粉丝、小笼包子和油炸藕干。窃以为色味双得，不虚此行。

出玄武湖，即撑伞去中山陵，瞻仰了中山先生的衣冠冢……

回到客栈，回到梦中，倏忽之间，心中竟逸出一缕怀乡的愁绪，所谓"乡梦渐生灯影外，客愁多在雨声中"。

可家乡究竟又是怎样的呢？

泉之恋

　　大约从少年时代开始，就常听父辈们讲山东老家如何的美，如何如何地"瞻仰"。虽说到今天我也不明白"瞻仰"究竟该是怎样一个字面上的写法，但是一句褒奖的话是无疑的。但是，这样遥远的山东老家有怎样的美，又是怎样的令人"瞻仰"呢？这就令出生在异乡的鲁人晚辈不得要领了。虽身在异乡为异客，但只要是祖籍在山东，这人呵，无论在中国的任何一个地方，也无论从事怎样的工作与劳动，那异乡的家哟，就永远地笼罩在山东的羽翼之下了。

　　尽管那条回山东老家的路明明白白、清清楚楚，似乎从来就没有变过，以至于在漫漫长夜的梦里也曾无数次地走过这条回老家的路，但梦醒时分，身在异乡之人却常常是泪流满面了。那样的滋味，怎一个"痛"字了得！我常说，岁月就像一把锋利的刀。没错，就是这把刀，悄然削去了父辈们的中青年时光，使他们渐次成为一个个形销骨立的老者。然而，这山东老家，却自始至终清晰地珍藏在他们心中，像是一棵茂盛的树，在乡愁泪水的浸润下是那样的根深叶茂，亦未有过一叶的凋零。

说来，关乎山东老家的记忆真的是很多，从家乡的老屋，到老娘亲做过的那些教人难以忘怀的一汤、一饭、一菜，甚至连那故乡的风、故乡的雪、故乡的雷电、萦绕村前的薄雾，也始终在心中循环往复地演绎。说到风雪雷电，说到大明湖，说到趵突泉，说到山东大包子，说到形形色色的小面人儿，五彩斑斓的大馒头，或煎或烤的小咸鱼儿，都让那些远在异乡的父辈们津津乐道，乐此不疲，叹息不止。不过，在乡党们寻常的精神会餐中，最富诗意、最为浪漫，也最让人牵怀的，则是济南的七十二泉了。记得，在父辈们的眼里，无论是镇江的中冷泉、无锡的惠山泉、杭州的虎跑泉、苏州的观音泉、北京的玉泉，还是信州的陆羽泉、扬州的大明寺泉、庐山的招隐泉、蚌埠的白乳泉，连同他们所知道的那些冷泉、温泉、药泉，都远不如山东老家的泉。

的确，正因了济南境内泉水众多，才被世人称为泉城。这"四面荷花三面柳，一城山色半城湖"的山东老家，在父辈们深情且自豪的讲述当中，那样一幅户户垂柳、家家温泉的风景，就在晚辈们的眼前渐次清晰起来了。然而，这些难以忘怀的记忆，这些扎扎实实的经历，都莫过于父辈们对泉城之泉的追述与声情并茂的表达了。在我的记忆当中，这是长辈们所有的回忆与讲述当中最富诗意、最能拨动人心弦的优美话题了。每当话题泊入老家的泉水时，几乎每一个身在异乡的山东人，无论年龄有多大，无论各自文化水平的高低，也无论在他乡从事着怎样的工作，真真儿的，他们的脸上都会闪烁出圣徒般的光芒。接下来又是如数家珍的"斗泉"了，什么趵突泉、玉环泉、珍珠泉、漱玉泉、醴泉、甘露泉、金线泉、蜜脂泉、白龙泉、黑虎泉、芙蓉泉、柳絮泉、金沙泉、白公泉、孝感泉、无忧泉、洗钵泉等等。在争奇斗艳之中，最引以为豪的则是趵突泉。说古也罢，道今也好，这山东人的自豪也是得到了文化上的印证的。如《诗经·小雅》就有"觱沸槛泉，维其深矣"之句。《历城县志》亦云："平地泉源觱沸，三窟，突起雪涛数尺，声如殷雷。"《老残游记》也写道："（趵突泉）从池底冒出，翻上水面有二三尺高……这三股水均比吊桶还粗。"清代文人蒲松龄还曾写过一篇《趵突泉赋》，云："吞高阁之晨霞，吐秋湖之冷焰。"唐宋八大家之一的曾巩在《齐州二堂记》中写道："有泉涌出，高或数尺，其旁之人曰趵突之泉。"另一位唐宋八大家之一的苏辙一联写得音画俱美："谁家鹅鸭横波去 日暮牛羊饮道边"。如此种种，不一而足。

似乎这山东老家的泉水自始至终就在他们心中滋润着、流淌着，形影相随，陪伴着他们走过人生的每一程，越过每一个艰难困苦的沟沟坎坎。这山东的泉啊，就是这样在我的心中兀自神圣起来了。有道是："征夫怀远路，游子恋故乡。"遗憾的是，尽管先前我也曾几次路过济南，但每一次都是行色匆匆。我当然知道家父对我去老家所寄予的希望，希望我能把老家的山山水水讲述给他听，以释悬念，以慰乡愁。思来想去，终是觉得不好打扰主人，扰乱人家早已固定的安排。就这样，一次复一次，与父辈们常年挂念的神奇之泉擦肩而过。回到家，面对父辈们殷切的眼神，我只好临时抱佛脚，从他人关于泉城之泉的描述文章当中寻章摘句，如此敷衍过去。讲述中，看到父辈们听得是那样的专注，态度是那样的真诚，这岂能不教我深深地愧疚？追本溯源，父辈们为了生计，不得不背井离乡闯关东谋生活，暑去寒来，艰难地在遥远的异乡打拼、创业。有些人已在关东结了婚、生了子，组建了家庭。这不单是那些山东老乡的命运，道不完说不尽的老乡故事，更是一部值得山东人自豪的历史。没错，他们无论身置何方，自始至终以一个山东人为荣，始终也没有忘了乡音，他们的儿女可以在外面讲普通话，讲当地的土话，但是在家里必须讲山东话，讲家乡话。家在哪里，山东便在哪里。那家乡的泉水也从来是日夜不息地萦绕在他们的身旁，滋润着他们的灵魂。

新中国成立以后，闯关东的父辈们在异乡有了安定的生活。然而，山东老家依然是他们永远惦念，永恒的亲。没错，他们当中已有少数人回到了山东老家，喝上了家乡凛冽甘甜的泉水。他们是何等的幸福呵。自然，还有更多的老乡，或是工作上的羁绊，或是家庭的牵累，或是囊中羞涩，终是没有完成回乡的夙愿。这无疑是他们一生中最大的痛呵。岁月更迭，人啊，总有辞世的那一天哪，即便是大限在即，落叶归根是他们在生命终结之前的最后一拼，一定会告诫他们的子孙，千难万难，也要把自己这把老骨头埋到山东老家的土地上去。

……

岁月像一支飞快的箭。而今我亦老矣，这父辈的惦念、父辈的向往、父辈的希望，无形之中又植根在他们的儿女身上了。如此的生生不息，如此的拳拳乡愁，如此瑰丽的泉之恋，为儿女者，不仅要一代一代地传下去，并视之为人生路上最珍贵的精神食粮，还要成为人生路上一座座沉实高耸的坐标，指引着我们继续前行。

在福鼎品茶

说起我的饮茶历史，算一算，大约也有半个世纪了。然而身在福鼎，才知道自己并不是一个合格的饮茶人。这真是一件让人脸红的事。记得年轻的时候，单知道龙井茶是名茶，因慕其美名，便花"重金"买上一两——年轻人的基本素质，就是学习，凡事都要亲自尝一尝。神农氏尝百草才被称为"神农"。虽然那是第一次喝龙井，并没有品出所以然来，但龙井茶的清香却自此永驻心界，成了洒家恒久的诱惑与追求。现在想，我之饮茶，追本溯源，就是从这一两龙井茶走上了一个人的"茶马古道"的。

斗转星移，在风雨兼程的人生路上，我对茶有了更多的认识。品尝了诸多品种，渐渐地尝到了不同茶品的个性、品质、滋味与妙处，茶也成为洒家的终身伴侣。或许，正是这种别样的经历，让我不可思议地"有资格"协助我的老恩师——一位文学界的老前辈，撰写了那部电影文学剧本《茶圣陆羽》。还记得当年他给我拿了一篮子关于茶的书，其中包括茶圣陆羽写的《茶经》。翻书之前肯定是外行了，但翻书之后，便对茶尊敬起来，才知道自己过去对茶的了解不过是皮毛，才认识到人生的路、智慧的路、体验的路、知识的路，永无尽头。在这条自我完善的"茶马古道"上，我发现世上许多真知灼见就藏在民间的寻常百姓家中。我此番到福鼎来，实话实说，并不奢望从官方得到有关白茶的知识与故事——这大约也是一个写作者的个人癖好罢。总觉得那些史官之笔，须打几个折扣去读，向民间汲取、学习、讨教，才是做学问的必由之路。同新识的老师、朋友，或是一个普通的农友、一个乡村的医生，抑或是初次谋面的路人，随随便便地聊天，都让人茅塞顿开，增长见识。

驱车去福鼎的一路上，几乎无处不茶园，有的是一小块儿一小块儿的，精巧秀美；有的则整座山被茶园覆盖，层层递进，参差而出，与青篁翠柏互相缀发，让人难分伯仲。无论是远观还是近赏，都俨然一幅幅牵连不断又妙不可言的国画。尤当海雾从东方悠然飘来，俯仰之间，便成仙境的斯之山景，让我这个初涉此地的外乡人已然不知今夕是何夕了……

这次到福鼎，来接我的，是当地一位恂恂有儒者之气的老中医。从机场到福鼎大约有两个小时的路程。一路上，医生的讲述让我对福建的白茶、对太姥山，有了了解认识，连同对品茶的种种有了更亲切、更质朴，也更纯粹的认识。因此，这门外的山川水树也在医生的讲述中变得卓尔不群起来……

花开两朵，各表一枝。在介绍我与老中医的聊天内容之前，无论如何要先介绍一下福鼎的太姥山。环峰叠嶂、奇构异形、叠崿秀峰的太姥山与浩瀚的东海相连。伊山之诸峰，竟于茂林乔松箭竹之间升出石色苍润的千尺硕壁，款款大气，回环连接。精巧的石骨让观者遐想顿生。太姥山健硕、挺拔、丰腴，充满活力，其博大的胸怀、拔俗的品格、迷人的风采，让我于震撼之中难以自拔。

暖风入耳。太姥山是福建人的骄傲，更是福建人美好品质的见证者。在我看来，太姥山是一座活的、有灵魂、有感情、有血有肉、有故事、有智慧、有怜悯之心的神山。这种突如其来的感觉、认识，一进入福建，一踏上去福鼎的路，就一直萦绕在我的心间。

本不想登山的我，得见太姥山如此奇特与深邃的魅力，便不顾人已老朽，定要亲登太姥山，一探究竟。拾级而上，海风拂面，茶香伴着，施施而行。环山之上，扶疏林树或缭或曲，垂萝灌木或缠或绕，仰瞩俯映之中几度忘我矣。仿佛我这个凡夫俗子也走上了当年名曰蓝姑的太姥的升天之路了。古人说，茶为万病之药。蓝姑则是发现福鼎白茶医药作用的第一人，并亲自煎茶汤治好了许多遭受瘟疫袭击的孩子。这就难怪福鼎人对太姥是那样的尊敬、崇拜和敬仰。

老中医说："其实并不是所有人喝茶都可以治好病的，但是太姥的白茶的确治好了很多孩子的病，这是不争的事实，而且是有科学依据的。所以饮茶、焙茶成了福鼎家家户户的一个生活习惯。在福鼎，姑娘出嫁的时候都要包一包白茶作为陪嫁。而且平时家家户户都要储存白茶。储存茶的方式挺特别的，是用油纸包好，再将茶包悬挂在房梁上，以便随用随取。"

呵，这位老中医真是一位充满智慧的大师，闲聊之中，味中有味，言外有情。他对白茶的看法也非常独特，能够把茶还原到它最初的状态。

他说："所谓茶叶，不过就是树的叶子而已。但恰恰是蓝姑发现了它的药用之处，所以我们这里的人把她称为太娃娘娘，敬之为神。最早，我们福鼎人喝茶是很简单、很原始、很古朴的。追本溯源，最初的福鼎白茶就是我们民间的'老婆茶'。老婆就是妻子嘛。老婆把采来的茶晒干，将陶罐里的水煮开，再抓一把茶扔进去。这就是我们这里最原始的煮茶方法。一喝一天，谁渴了谁喝，干活儿就把茶罐提到山上去。就是《红楼梦》里的那个妙玉说刘姥姥的那种'牛饮'。我在医院给患者治病的时候，渴了就喝这种老婆茶。"

我笑着问："你是自己采茶吗？"

他说："我哪有时间啊。是这样的，我是一个医生，福鼎的地方又不大，这里的人几乎都认识我。我年轻的时候就开始给这些人看病，陪着他们从青年、到中年、到老年，一直是他们的医生，更是他们的朋友，也是他们的茶友。他们经常从家里带一些老婆茶给我。老婆茶并不值钱，如果我不要就显得对他们不尊敬，他们心里就会不安。我说不要多拿，送一包过来就可以。这种茶又解渴又清心。南方夏天很热，这种茶喝下去很舒服，喝多了还通便，而且整个人神清气爽，状态也好。现在人把茶搞得很牛、很贵，其实不过就是一片茶叶嘛，整得那么神神叨叨的干吗，我觉得很没有意思。"

经老中医这么一讲，我反倒觉得这茶似乎没什么神奇之处了。然而不然，有些人是理智胜于情感，有些人是情感胜于理智。这位老中医则是二者兼而有之。是啊，老中医毕竟是老中医，他看出了我内心的想法，说道："不过，说起来呢，喝茶还是有讲究的。第一，要喝干净的茶。比如几个人去喝茶，你不能把自己搞得很脏去喝茶，首先人要干干净净的，大家坐下来喝茶才舒服。第二呢，是安静的静。喝茶没有大呼小叫的，不像是喝酒，互相干杯。大家都是平平和和地说话，聊聊天。时常往来，作些闲谈嘛。这很好。第三呢，到这里喝茶，彼此之间要恭敬。和和气气的，大家开开心心的。第四呢，就是大家在一起交流彼此的人生想法。这样子你总会有进步吧？每一次喝茶首先要找对的人，大家在一起才能获益。经常在这样的环境里喝茶，你的境界也会提高。第五是境，境界的境。这五个层次层层递进，对人的能力提升很好。人们常说，一杯酒可以迅速地交上朋友，很爽。但是一杯茶呢，可以遇到一个知心好友。这才是你人生最需要的东西。说实话，在一个人的周围也有那种比较便宜的朋友（这'便宜'二字耐人寻味），其实都不是那么知心的。"

老中医怡然自若地说："只有通过喝茶，遇到一两个心平气和地交谈的人才是难得的。我觉得品茶那种仪式的东西，客观上讲都是外在的。首先心里头得有。心里头啥都没有，仪式又有啥用呢？"

虽说这是老中医对茶文化的一家之言，但他刚才谈到的喝茶的五个层次无疑是对茶文化更深刻的理解。

梦幻香山行记

　　从客居的寓所去梦幻香山，开车不过一个小时的路程。这一路上的车少了，心情便悠然地舒畅起来，若是中国的公路都是这么清静该多好。人多是好事，但车多就未必了。这自然是俗人之见。

　　临近梦幻香山的山门，就闻到了一股淡淡的香气。单知道香气是分上百种的，只是这里散发的究竟是怎样的一种香气呢？恍惚之间似乎是在欧洲旅行时嗅到的那股味道？却又不敢确定。海南的花草树木，外乡人总是有许多不认识或不敢确认的物种。有道是"百里不同风，千里不同俗"，信者也。

　　进了山门，需坐园里的电瓶车，猜想这山一定很高，路一定很远吧。然而不然，此山路并非怎样的陡峭，都是一些悠然的缓坡。若是选择走路或许会更好罢。那位开车的小伙子说他就住在鸭坡村，也算是我的半个"乡党"。我客居的寓所就在离鸭坡村不远的白鹭湖边。

我问："你每天上下班还要坐车回家喽？"

他说："我半个月回去一次。"

说得也是啊，这要是每天来回折腾可真够呛。小伙子很热情，加上是半个同乡的缘故，一路上他热情地给我介绍山路两边的各种树木花草，其中让我感兴趣的是沉香木。沉香木是一种名贵树木，也是一种中药药材，这里居然有大片人工种植。车子悠然而行，九曲十八弯的山路上还有许多我叫不上名字的花草。

小同乡说："阿叔，你如果三月份来还可以看到这里的樱花，非常漂亮！"说起来，我对樱花一直是蛮期待的，看来只能等到来年的三月了。据说海南的"三月三"节是海南人最期盼的盛大节日。尤其是年轻人，因为这个节又被称为"爱情节""谈爱日"，黎语称"孚念孚"。自古以来，每年农历的三月初三，黎族人都会身着节日盛装，挑着山篮米酒，带上竹筒香饭，从四面八方汇集一起，或祭拜始祖，或三五成群相会、对歌、跳舞、吹奏乐器来欢庆佳节。青年男女更是借节狂欢，以歌会友，以舞传情。若能看到这梦幻香山三月的樱花，亲历"三月三"节，将是多大的幸事啊。

说来有趣，像所有的园林一样，只要坐上电瓶车，必然会把你拉到那些专卖山产品的商店。不过，这家小商店的造型和内饰倒是很雅致。既然是梦幻香山，店里主要是卖各种各样的花，斑叶香妃草、凤梨薄荷、艾草、薰衣草、金枝玉叶、柠檬香茅、迷迭香等，款款如诗一般的清丽诱人，价钱也不贵，或许是这些花儿漫山遍野都是的缘故罢。我倒是看中了其中一盆迷迭香，喜欢它的青翠、娇嫩，十分养眼。

且只要三十八块钱一盆儿。内人说："还是不要买了吧，咱们怎么养活它呢？离东北那么远。"终是放弃了，但那种恋恋不舍哟，俨然与恋人别离的滋味。

在迂回起伏的山路上，这样的商店有好几处。在一家专卖各种香草茶的商店，内人听说其中一种可以祛痰止咳，便给我买了一罐。其实我心里明白，回去便永远尘封在那里了。所谓的旅途之购不过是买一种好心情而已。但既然好心情可以购买，又何乐而不为呢？

车绕山行，途中经过一个书吧，名曰"香山书吧"。虽然书吧里的书并非全部是我之所爱，但是，如此优雅的环境、舒适的布置，看看书，喝喝茶，欣赏一下周边的山景，再在回忆中炼成精华，将忘却变成拂面而去的风儿。静下心来，放下身上所有的辎重，在这里怡然地住上几日，才不枉梦幻香山的"梦幻"二字。入世与出世的品咂，无论如何是人生的别一种好滋味罢。

从山路下来，已到了晚饭时间。开车的小伙子说："这里的香草餐厅不错，沉香鱼头特别好吃。阿叔，你们可以去品尝一下。"内人说："去！"

人在旅途，吃一点地方风味儿总是必要的。这不单是一种猎奇心理，也包含着对当地美食的尊重。

偌大的餐厅里只有我们两个人。显然，沉香鱼头是香草餐厅的特色菜，类似干锅鱼头，上面放几枚沉香叶，用一个硕大的黑色砂锅端了上来，散发着浓香的鱼头被切成若干长条块儿，再拼成鱼头的样子。真是好功夫。先品尝一下吧。味道不错，大约是沉香叶起了某种作用，有一种特别的香味。我们一共点了两个菜，另一个"香脆豆腐"呈淡绿色，品相尚可，吃时要佐以果酱才好。此肴虽不失水准，但入我之口总觉得一般。两人两菜，两碗海南式米饭（海南的米饭，东北人不敢恭维。吾乡的米饭香喷喷的，而这里的米饭硬硬的，干涩得很。我猜想，若是用鸡蛋、肉丁、蘑菇丁炒着吃，一定会不错）。纯粹是猎奇的缘故，还要了一份玫瑰馅儿饼。馅儿饼甜甜的，绝非老人之所爱也。我曾在山东的昌邑品尝过玫瑰馅儿的饺子，有一种玫瑰的清香。我猜，玫瑰馅儿饼大约是小孩子和年轻女子爱吃的吧。

吃过了，散散步，缓缓地往山下走。恰红轮西沉，暮色苍茫。景色真是一级棒。途中，看到一处平地，听说正在建一幢五星级酒店。那位小老乡说，有七百个床位呢，自豪之情溢于言表。走出山门，见许多当地的女工排着队在领当日的工资。这样的情景我还真是头一次见。有趣。

是为记。

追鱼

旧历的春节倘若没有吉祥的追求，喜庆的气氛就会变得索然无味。譬如说买"福"字、贴春联、买年货、祭祖宗，这些都是年味之必需、春节之灵魂。

春节的某些习俗，说来不仅喜庆有趣儿，且严肃端庄。譬如吉庆有余的"鱼"，既谐"余"音，也是除夕盛宴上断乎不可或缺的一道主菜。自打我记事以来，凡春节将至，不管是五谷丰登的年头也好，还是差强人意的年景也罢，这吉庆有余的"鱼"，就像是一条神圣的"法律"，是家家辞旧迎新的必备。

年五更的鱼不比寻常，除了在年三十儿祭祖之外，按春节之俗，在"一年连两岁，五更分两年"的盛宴上是不能吃光的，要余下一半儿到新的一年，寓意"年年有余"。

多少年来，百姓对年年有余始终期盼且从未

间断，虔诚盼望着来年能过上更加富裕、更加吉祥的好日子。如果说发短信、微信贺年是祝别人新岁吉祥的话，那么，这鱼之内涵则无疑是预祝自家来日的富庶了。因此，每当春节来临之前，我便要亲自张罗买鱼，作为除夕年夜饭的主菜之一。

因在海岛得一小室，春节便移到这里来度过。海岛四季常夏，与东北的气候有霄壤之别。若是在寒地东北，除夕之鱼提前买回存放绝无问题。海岛则不然，要想吃新鲜的"年鱼"，一定要大年三十的早晨到渔港去买才新鲜、才给力、才放心。但其中似也含着一点风险，设若有万一的闪失，必将会影响一年的好心情。于是凌晨而起，赶头班公交车去渔港买鱼。

凌晨的海岛十分宁静，晨风亦凉爽。及至车站，已有几位早客等在那里了。车子来得相当准时，心情颇好。车一开动，心说，这就成功一半了。然而不然，毕竟是内陆客，不解海岛的地理，居然坐过了站，慌忙下车，折头再返，及至渔港，早已是人声鼎沸，热闹非凡了。还以为我是早客呢，于千头攒动之中何早来哉？恰此正是众渔船归港之时，带回了当日最新鲜的鱼。怕是这些鱼做梦也不会想到自己将作为千家万户的吉祥之物被端上除夕餐桌罢。

海鱼的种类很多，因我这个内陆客离海甚远，对海鱼的了解近乎无，倒是女儿事先告诉我要买海鲈鱼和石斑鱼。这两尾鱼以清蒸为上，品位卓然，且方法简单，又味道极佳，不必费更多的周章。然而行色仓皇之中，竟忘了其中一尾的名字，苦苦寻想，终于记起，迅速将石斑鱼购下，心里即刻踏实许多。再去其他鱼贩处寻找海鲈鱼。不料想，这海鲈鱼早已被先行者抢购一空了。是啊，这春节的鱼市哪里还有讨价还价一说呢？人人掏钱就买，个个迫不及待。

在一鱼摊上，我蔼声询问摊主，摊主便在他的鱼堆里找来找去，居然找到一尾海鲈鱼，只是这尾鱼小得可怜，不足以担当盛宴主菜之任。

扼腕之时，身旁的一位壮汉指点迷津说："你可以买这个鱼。"他指的是一尾色泽朱红、宽且肥硕的方头大鱼。

我问："这是什么鱼呀？"

"苏眉。"

"好吃吗？"

"当然。"

"可以清蒸吗？"

"这鱼清蒸最好了。"

我闻之大喜，忙问摊主多少钱一斤。答曰六十。比四十五元一斤的石斑鱼还要贵上十五元。由于初次与此鱼谋面，难免有些犹豫。摊主说："就剩两尾了，不买就没了。"我一看，果然，连忙说："称一尾称一尾。"一尾三斤三两，近二百元。这还是我这个平头百姓头一次买这么贵的"年鱼"。不过买到就好，这可是个吉兆啊。

回到家里，在电脑上一查，苏眉居然还是太平洋岛国帕劳的国宝鱼，因眼睛旁有黑色的眉毛而得名。网上说，烹饪此天下名贵之鱼，以清蒸为上。还说，厦门一带此鱼曾卖到六百元一公斤。如此看来我这是买便宜了。这鱼应是除夕宴上当之无愧的领军者了。

接下来，按网上指导如法炮制，上锅清蒸，竟有一股蟹肉之香。端至除夕的餐桌，众家人执箸一品，果然美不胜收。不仅家中，似乎整个天下都因此吉祥起来了。

海岛上的夜雨

半夜被叮叮咚咚的雨声惊醒。仔细倾听，是雨点击打在洋铁房盖儿上的声音。哦，我好久没有听到雨点打在洋铁房盖儿上的声音了。这久违的声音唤起了我对童年的那种亲切的回忆。

小时候，我家小楼的对面便是一幢铁皮房盖儿的平房。每逢下雨，那雨点落在铁皮房盖儿发出的叮咚声，像是美妙的音乐，让我的少年时代充满了清新的旋律。这是大自然赋予一个少年的财富啊。这清新的旋律一直珍藏在我的心底。而眼下，我栖身海岛上的一家小客栈里，整个旅馆只有我一个旅客，反倒让我有幸独自一人聆听这来自天堂的演奏。

躺在客栈竹榻上的我，已经毫无睡意了。于是便坐起身子，抱着双膝，在夜色笼罩的小客栈，静静地聆听着海岛上清新的雨声。仔细地品味之中，我发现滴落在铁皮房盖儿上的雨声总是那样清脆、活泼，仿佛铁皮房盖儿变成了琴师手中的大琴，在从容地演奏着。而跌落在泥土上的雨声便显得有些沉闷了，扑扑然，仿佛是土地下面的喃喃呓语，正悄然与天庭对话。雨，打在椰子树的阔叶上，发出噗噗的声响，仿佛是夜雨中小精灵的游戏。落在花和草上的雨点，你能感觉到，它们一着叶面儿，便立刻从叶子和花瓣儿上滚落下去，并伴随着轻轻的、柔弦般的美妙之声。落在窗户玻璃上的雨就亢奋多了，啪啪的，大约是想引起屋内主人的注意罢，每一滴雨响过之后，旋即便逶迤地滑了下去。呆呆地凝望着奇妙的情景，那回肠九转的滋味便袭上了心头。再聆听一下旅馆外面的雨声吧。通过雨色朦胧的窗户，间或可以看到马路上的雨水被夜行的车辆碾过，雨刷刷地从路面上瀑布般地跃起，构成一组飞翔般的巨大和鸣。哦，这雨丝俨然无数个演奏家一起揉拨的千万条弦，共同演奏着天籁般的交响乐章。在夜雨之中，你还会听到客房中的某处嘎地一响，噢，这是房屋松骨时发出的畅快之音罢。是啊，客房里住着一个外乡人，又同在雨界之中。房子也是有灵魂、有感情的。

　　……

　　很快，小客栈的外面响起了滚滚的雷声，使雨的演奏一下子进入了高潮，也让我这个客居陋室的人，在天庭的滚雷之中有了某种庄严的遐想。我下了竹榻，走到窗前，久久地站在那里，久久地凝望着窗外的雨。

　　是啊，该买票回家了。

04

行走世界

这万里路恐怕一定要走的。

别人的体会终是别人的，你需完全属于自己的体会。

这很重要。

因为感受不仅在他们一方，也在你的一方。

这是你的权利。

车子正在城市中穿行。经过市中心的"三铁匠"塑像，经过芬兰国家歌剧院，经过奥林匹克运动场，经过火车站……你好像在看电视，也像在电视里。

赫尔辛基，总体感觉干干净净（在郊区的草地上，偶尔能见到野鸡和野兔）。只有在一些繁华的地带，卫生才会差下来，人行道上、广场上、商店外面，到处都是烟蒂——这在中国还是少见的。中国人也抽烟，然而似乎没有欧洲人抽得凶。而且这里女性吸烟的大有人在。设若走在路上，恰好你在吸烟，大概率会有陌生人拦住你借个火。这个人多半是女性。

赫尔辛基冬日漫长，到处是白茫茫的雪，除了雪还是雪，再就什么也没有了。或许正因为如此，他们才喜欢吸烟。我听说，这里的人容易患忧郁症。冬天太漫长了，能不忧郁吗？假如中国人在这里待久了就慌了，你骂人也没人听得懂。因此，在我看来，出国定居也未必是一件好事。我常说，出国定居只适于两种人，一种是高技能在胸的人，一种是没心没肺的人。否则很辛苦，很孤独的。要知道有多少出国定居或准定居的人又都纷纷跑回国内来了。苍天在上，还是中国好哎。

眼下已是五月份了，可这里的天气依然特别冷。在未抵达赫尔辛基的时候，有关部门提供的地面温度信息是二十四摄氏度，可到了这里只有八摄氏度。再加上从波罗的海吹来的海风，冻得我浑身发抖。心想，回旅馆一定要洗一下芬兰人的"萨乌那"（芬兰浴），把体内的寒气蒸出去。我的欧洲之旅才刚刚开始，决不能生病啊。

车子在西贝柳斯公园停了下来。下车走过碧绿的坡上草坪，就可以看到那座纪念芬兰的音乐之父——西贝柳斯的雕塑。巨大的、由六百余根长短不一的不锈钢管组成的纪念大师的雕塑，在海风吹过的时候发出一种奇特的、时高时低的风鸣声。我感觉这声音，或者说这音乐，既是大自然的，也是来自西贝柳斯之魂灵的演奏。

真正的天籁啊。

西贝柳斯的头像就镶嵌在塑像旁边的岩石上。据说，这座浪漫主义纪念碑是芬兰著名女雕塑家希尔图宁花费六年的心血，在西贝柳斯逝世十周年之际才面世的。

西贝柳斯是芬兰人民的骄傲，他创作的那首充满了爱国主义激情的管弦乐诗《芬兰颂》已成为人类音乐史上的伟大篇章。据说，每当芬兰人听到《芬兰颂》时，眼睛里都会噙满泪水。

西贝柳斯一生创作了大量的音乐作品，像《阿依诺拉》《D 小调小提琴协奏曲》《第三交响曲》《亲切的声音》等。他以赞美生命的激情博得了世人的爱。

大师死后，他的灵魂仍在芬兰的大地上演奏着，歌颂着生命，歌颂着芬兰，歌颂着爱情。

进入罗马

从伊达拉里亚时代到罗马帝国时代，从迫害基督教徒传教的时代，再反过来成为全世界基督教的圣地……这两千多年的历史，加上"条条大路通罗马"的盛名，使得罗马成为最辉煌的"露天历史博物馆"，人类最伟大的城市之一。

我现在就站在这个被称为"永恒之都"的罗马城里。

在威尼斯广场上，我看到了那个赶走外国侵略者、统一了意大利的开国国王——埃马努埃莱二世骑马的镀金大铜像。在帝国大道上，我看到了那根四十多米高、叙说着特拉亚诺远征多瑙河之功绩的凯旋柱。我看到了罗马帝国皇帝维斯帕先为了纪念征服耶路撒冷的胜利，用十年时间建成的弗拉维安大斗兽场。在斗兽场的附近，我看到了酷似法国凯旋门的君士坦丁门，那是为了纪念君士坦丁大帝在米尔维安桥战胜暴君而建的。

在英雄广场上，我看到了威武的战神与和平女神的雕像。在梵蒂冈，我看到了瑰丽的圣彼得大教堂……是啊，我就是成为千手千眼的女神，也无法将万千的感慨全都付诸笔端。

罗马的历史太丰饶了，我只能呆呆地看着，虽然我触摸到了它肌肤的弹性，感到了它血液的奔腾，似乎也听到了它喃喃的倾诉，但是，我却无法把这一切清晰地表达出来。

……

罗马城西北角的莱奥尼纳城是梵蒂冈的领地，城墙就是它的疆界。它的领土由圣彼得广场、圣彼得教堂、教皇宫、政府大楼和梵蒂冈博物馆组成。虽然只有区区 0.44 平方千米，但它却是世界十二亿天主教信徒的精神圣殿，是全人类的艺术宝库。

教堂前的圣彼得广场上，高高竖立着古罗马皇帝卡利古拉从埃及运来的方尖碑。这个广场可以容纳五十万名信徒聆听教皇的圣训。每到礼拜日，总有成千上万来自世界各地的信徒，在广场上聆听教皇在阳台上诵读的晨祷词。

这座世界上绝无仅有的、人类顶级的建筑艺术品——圣彼得大教堂，其设计者是赫赫有名的米开朗琪罗和他同时代的那些艺术大师。

我怀着虔诚的心情走进了圣彼得大教堂。

在这里，我看到了乔托的镶嵌画《小帆》，看到了米开朗琪罗的石雕《哀悼基督》《摩西像》，看到了贝尔尼尼的雕塑《圣彼得宝座》《青铜华盖》……我反弓着身子，仰视着教堂顶上瑰丽的穹窿，遍览了教堂中所有的艺术雕塑，我第一次亲眼看到古罗马的艺术大师们是如何把坚硬的石头，幻化成人的光滑肌肤和柔软的衣衫，并赋予这些石塑活的灵魂……

　　我似乎领略到了无与伦比的欧洲绘画艺术、雕塑艺术和建筑艺术，我也顿悟到，这一切既不能复制也无法克隆，它首先是欧洲人的艺术，然后才是全人类的瑰宝。要知道，在欧洲艺术家的灵魂里，从来就包括欧洲文明的历史激情、信仰激情和人类的原始创作激情。这是欧洲文化独特的历史积淀，其他文化难以完全复制。这就像中国的京剧、齐白石的画，欧洲人即便拜了中国大师为师，也难以学到家一样。所以我说，罗马的艺术是欧洲人的艺术，京剧与国画是中国人的艺术。有人喜欢讲中西方文化的冲突，说穿了，是历史的冲突。其中被部分融合了的，仅仅是方法与技巧而已，庶几可以做到形似，但无法做到神似。

　　罗马，让我一步三回头。

佛罗伦萨

佛罗伦萨是我梦中的城市。

在人类的历史上，特别是在欧洲的历史上，佛罗伦萨是一座伟大而不朽的城市。早在公元一世纪，这里就是古罗马帝国的军事要塞。那条美丽的阿诺河，使这座城市的皮草业受益匪浅，并蓬勃发展起来。

佛罗伦萨是欧洲文艺复兴的发祥地。这之前的欧洲是哥特文化的世界，这之后，欧洲才进入了浮华、快乐、糜烂、堕落的巴洛克时代。巴洛克时代可以提供给人们多种解释，比如中庸与浪漫，比如矛盾与怀疑等，但是在骨子里，毫无疑问那是人类历史上的一次重要的灵魂觉醒。达·芬奇、米开朗琪罗、乔托、伽利略等都是这个时期的代表人物，是他们破天荒地开始在普通的死人和普通的活人当中寻找神的模特，是他们在神的星空之下探求宇宙的奥秘。他们用新古典主义

178

的艺术作品，用伟大的科学实验，唤醒了人们对自身价值和生命品质的重视。那是一个令历史、令人类难以忘怀的，充满欢乐与激情、充满美与浮华、充满复古与创新的伟大时代。

多少年来，我一直向往着这座城市，希望有朝一日能亲自到这座梦之城看一看。

佛罗伦萨也是我最崇敬的意大利作家、《神曲》的作者但丁的故乡。

穿过一幢幢楼房，穿过一条条方石铺成的巷子，我终于站在了但丁的故居前。但丁的故居在一条不起眼的巷子里，巷子里的每一幢楼的窗子上都安装着乳白色的百叶窗，使路人无法知道百叶窗里面的故事。

但丁的头像被刻在故居外面的砖墙上。我站在那里久久地凝望着他。虽然我们是同行，但这毕竟是小巫与大巫之间的对视。然而，这终究是别一种形式的文化交流。

马克思说："封建的中世纪的终结和现代资本主义纪元的开端，是以一位大人物开始的，这就是意大利人但丁。他是中世纪最后一位诗人，同时又是新时代最初的一位诗人！"

可惜，我的许多同行者对但丁还知之甚少，疑惑地看着这个塑在墙上的头像。

但丁就出生在佛罗伦萨，他的那部不朽之作《神曲》，全部是用意大利方言写成的。至今，每一个普通的意大利人仍喜欢诵唱《神曲》中的诗章。但丁不但是一个划时代的伟人，还是意大利的语言之父。正是《神曲》的问世，才统一了意大利的语言。

……

我由于身患重感冒，躺在圣母百花大教堂的石阶上休息。灿烂且和煦的阳光铺在了我的身上，也铺在了我的心上。许多游人的脚从我的身上走过去，广场上不时传来卖艺者演奏的世界名曲。此刻，我心静如水，病痛似乎也于瞬间消失了。我知道，从十四世纪开始，欧洲人的生活就发生了翻天覆地的变化。那一代的天才艺术家追求罗马雕塑，崇尚人体美，并不顾禁令解剖尸体，拉近了人与神的距离，并造就了人本主义、人文主义，使得绘画、雕塑、建筑这三大艺术走向了人类文明的顶峰。须知，在十四世纪，欧洲的宗教是很强势的，不像现在的人们想干什么就干什么，接吻、拥抱，随你的便，只要你不妨碍别人。

　　在太阳落山之前，我们驱车去山丘上观赏米开朗琪罗的杰出雕塑《大卫》。大卫代表着不畏强权，光明必然战胜黑暗。毫无疑问，这座雕像是人类文化史上的经典之作。

　　站在山丘上，便可以将佛罗伦萨尽收眼底了，天堂之门、圣母百花大教堂、维奇奥古桥、受洗堂……过去，中国的作家徐志摩将佛罗伦萨译为"翡冷翠"，这样的翻译将佛罗伦萨那种充满诗情与感伤的意味表现得一览无余，甚至也把文艺复兴的伟大与颓废淋漓尽致地表现出来。

威尼斯印象

从佛罗伦萨去威尼斯，沿途经过亚平宁山脉，一路上大巴须穿过十几条隧道。

恰好这一天又是休息日，卡车司机都在休息，在公路上几乎看不到卡车。

欧洲人看待休息就像看待个人尊严一样，认为它是神圣不可侵犯的。

车子经过意大利的波河平原之后，威尼斯便历历在望了。

被称为"亚得里亚海上的明珠"的威尼斯，建在离陆地约四公里的潟湖中，由一百一十八个岛屿组成。据说在公元五世纪，威尼托人为了躲避战乱，渡海聚居在这里的珊瑚岛屿上，并凭借着孤悬海中的地理优势，砍伐落叶松，建立了威尼斯的城池。这是一个从无到有的城市，真是一个很特别的地方。

威尼斯在中世纪时期还掌握着地中海东部贸

易的控制权，往来的船只到这里都要付费。威尼斯因此走向了富裕和繁荣。正应了那句俗话："有福不用忙，没福跑断肠。"人算不如天算，威尼斯似乎天生就是一个有福气的城市。

历史上，十字军[1]的第四次东征就是从威尼斯出发的。十字军到了这里，一方面要采购一些补给品，好前往东欧打仗；另一方面，他们也把打仗缴获的战利品带到威尼斯来交易。连拿破仑都说，威尼斯是欧洲最好的客厅。

历史上的威尼斯也是很强势的。当时她是一个独立的国家，叫威尼斯共和国，被称为"亚得里亚海的女皇"。

威尼斯城里到处都是运河和水道，桥上走人，桥下行船。在威尼斯，你不能说我走的路比你走的桥还多。在这儿住的人只要出门就得过桥，甚至一天要过十几座桥。我真不知道那是怎样的一种感受。

威尼斯最著名的大桥是自由桥。这座大桥有四公里长，是进出威尼斯的唯一通道。如果有人在威尼斯犯了重罪，警方只要封锁这座大桥，罪犯就逃不掉了。

我到威尼斯的时候，这里刚刚下过一场大雨。这大抵也是滨海城市的特点。

在圣马可广场的入口处竖立着两根高大的圆柱。其中一根柱子上是一只青铜翼狮，狮子的左爪抚着圣书，圣书上用拉丁文写着天主教的圣谕："我的使者马可，你在那里安息吧。"威尼斯城的标志就是那头带翅膀的狮子。

这让我这个外来者感到了一种神圣。

---

① 十字军：中世纪时期，天主教会以保护和传播基督教的名义组成的军队。因参加者外衣上缝有"十"字作为标记，故名"十字军"。

走进阿姆斯特丹

车子进入荷兰领土，牧场就多了起来，随处可见用软绳围起来的牧场，一些黑白花奶牛在牧场上悠闲地散着步，吃着草。牧场的草地上开着或红或黄的野花，间或还可以看见白天鹅在天空中飞翔。

用心旷神怡来形容进入荷兰的心情是准确的。

当地人说："上帝造海，荷兰造地。"的确是这样的。荷兰的土地，包括许许多多的牧场，都是人造的。荷兰的造地同日本的造地不同，荷兰的填海造地是通过建造堤坝和排水系统实现的。他们把围在坝中的海水抽干以后，陆地便露出来了。"阿姆斯特丹"和"鹿特丹"的"丹"字，都是"水坝"的意思。

早期的荷兰是没有电的，但荷兰人很聪明，用风车抽水。荷兰靠海，风自然是不缺的，于是风车便成了最美妙的动力之神。当我们进入阿姆斯特丹的时候，还能看到一些保留下来的供游人观赏的古老风车。

这样造地之后，荷兰就大约有四分之一的国土低于海平面。"尼德兰"，就是"低地国"的意思。所以，有人称荷兰的城市是水下城市或海底城市。因为荷兰境内运河很多，也有人称它是北方的威尼斯。

遗憾的是，抽光海水后露出来的土地因含有大量的盐分，不能种庄稼，然而可以种牧草，这样反倒促进了荷兰畜牧业的发展。荷兰的牧场相当辽阔，其间有河道，乘船可以到牧场的任何地方去，给人一种仙境般的享受。

荷兰没有高山，最高的地方海拔也不过三百米，大部分土地是莱茵河冲积形成的平原，几乎什么矿产也没有，而且一年有二百多天都在阴雨中度过。但是我说过，荷兰人很聪明，他们靠海上贸易，同样获得了很高的经济效益。他们从印度贩来胡椒，在当时，一磅胡椒就是一磅黄金的价格。而且荷兰还是最大的鲜花输出国，出口量约占世界出口总量的百分之八十。这的确发人深省。

当然，荷兰早期也不断向外扩张，南非的钻石就一直被荷兰垄断着。到现在，荷兰仍是世界上最大最好的钻石加工国，连英国女王皇冠上的宝石也要拿到荷兰去切割加工。特别是十七世纪，那是荷兰海上贸易的黄金时期。

荷兰有三宝——风车、木鞋和奶酪。奶酪闻上去臭烘烘的，但这臭竟还分二百多种。在奶酪工厂参观时，我至少品尝了其中的二十种，让同行者吃惊。

荷兰的木鞋如今更多是作为工艺品，但依然可以穿着使用。我说过，荷兰是长年在阴雨侵浸下的低地国、湿地国，没有木鞋还真的不

行，因为在湿地上劳作，穿皮鞋容易腐烂，光脚又太凉，所以创造出了木鞋。我在木鞋作坊欣赏了木鞋制作的全过程。有点类似机器配钥匙的方法，但在过去全部是手工制作的。木鞋的用料是白杨木，所以这种鞋很轻，而且防水，同时也很暖和。只是，走在阿姆斯特丹，我没看到一个穿木鞋的人，估计穿木鞋的人都在牧场里罢。

荷兰人大都很健康，因为他们喜欢喝牛奶，牛奶里含有钙质，可以强骨。因此，荷兰人很少得关节炎。另外，荷兰人又很喜欢喝醋，因此，在荷兰得心血管病的人也很少。

这个低地国真的有许多值得进一步探索的地方。

阿姆斯特丹的街路很窄，外来的大巴一般是不准进城的，但城里的水路倒是不少，而且主干河道上的大桥是可以开合的，使得走水路的船能够顺利通过。那情景也很好看。尽管如此，当地政府仍然鼓励市民骑自行车出行。

在城区的人行道上，专有赭石色的自行车道，那是行人不可逾越的地方。据说，在荷兰，每一个人都拥有一辆自行车，不仅如此，自行车的数量每年还以5%的速度增长。自行车多，存放自行车的架子就多，在人行道边随处可见。这同中国城市的情况差不多，但彼此还是有区别的：中国的自行车密密麻麻放着，拽出一辆常常拽倒一片，而荷兰人设计的自行车架子每一格都是一高一矮地交叉着，因此存放上去的自行车谁也不妨碍谁，存取很方便。

当然，自行车一多，丢自行车的事情也就多

了。据说，在荷兰每年被盗的自行车已经接近100万辆了。

坐在运河的船上观赏阿姆斯特丹是最好的方式。运河两岸的房子都是17、18世纪的老房子，而且每一幢都很窄，横着两扇窗或三扇窗的楼，一幢挤着一幢，很漂亮，也很荷兰。听说，住这里最好的旅馆一宿要400美元，而且还不包括早餐。现在，阿姆斯特丹有70万人口，人们的出行方式除了骑自行车就是坐船，或者乘坐市内的有轨电车。我对有轨电车是很有感情的，总想上去坐坐，但近在咫尺也没有机会。

先前，哈尔滨也是有有轨电车的，但被拆了，可能认为那是落后的东西。但是，不要忘了，讲究实用才是最先进的城建理念。

到了荷兰，你或许会听说荷兰人很小气，曾有这样一个幽默的小故事，说是在露天酒吧有一个荷兰人在喝啤酒，他发现啤酒杯里有一只苍蝇，于是大喊服务员。当服务员把啤酒杯里的苍蝇拿走的时候，又被这个荷兰人喊了回来，说："请把苍蝇腿上沾上的啤酒挤干再拿走。"这自然是小笑话了。但是，在荷兰吃饭，个人付个人的账倒是真的。

荷兰的公厕在我看来也不便宜，上一次厕所要付0.4欧元（现在肯定涨价了），相当于人民币3块钱左右，不过是解个小手嘛，太贵了。在德国，你随便给个0.1或0.2欧元就行，甚至你双手一摊，表示自己没有零钱也可以进去。

其实，我最欣赏的是荷兰傍晚时的露天酒吧。所有的小桌子都摆在人行道上，每一张桌子上都点着一根小蜡烛，非常优美。

荷兰是一个富有诗意的国家。

去德国著名的古城慕尼黑，车子是沿着十字军东征的路线在阿尔卑斯山谷走的。

大巴在山谷中行驶着。

阿尔卑斯山高悬在空中，横亘着雾的山峦。我觉得上天把昔日奥匈帝国的气派与瑰丽的大自然融为一体了，让它们相互辉映。这样的环境应当出杰出的诗人和伟大的艺术家。

过去我们讲读万卷书，行万里路。万卷书倒不必逐本去读，太累，扎到故纸堆里不仅显得颓废、迂腐，也十分枯燥，一个人的生命不能这样子去消耗。再说，对历史的重述并不是天才，因为那种事只要不怕麻烦，死记硬背，不嫌自己啰唆就可以做到。当然，我也尊重这样的人和这样的人生，毕竟他们喜欢，且能引以为自豪。

然而，这万里路恐怕是一定要走的。别人的体会终是别人的，你需要有完全属于自己的体

会。这很重要。因为感受不仅在他们一方，也在你的一方。这是你的权利。

沿途上，我们看到的那些矗立在阿尔卑斯山上的古城堡，它们都是归德意志最富有的家族所有的。看来，这一路上还勾连着许多我不知道的故事啊。

慕尼黑是巴伐利亚的首府，处在阿尔卑斯山区与平原的交界处，海拔在五百多米，所以有人称这里是巴伐利亚高原。同时，这里自古就是北欧进入中欧和南欧的交通要冲。在历史上，这里还曾经是巴伐利亚大公国的首都。

这个地方不靠近海，所以不产海盐。但是，在阿尔卑斯山里却有着丰富的盐矿，而慕尼黑正处在交通要道上，你要拉盐，那就交税好了。慕尼黑这座城市也因巴伐利亚盐而兴旺起来。

在二战期间，巴伐利亚州曾遭到了严重的破坏。不过，经过重建后，现在的慕尼黑已然是一座文化艺术之城了，歌剧院、图书馆、博物馆、大学等随处可见。但德国的大作家歌德却说："德国人正是些奇怪的家伙，他们在每件事物中寻求并塞进他们深奥的思想和观念，把生活搞得不必要的繁重。"他还说："作为诗人，我的方式并不是企图要体现某种抽象的东西。我把一切印象接到内心里，而这些印象是感性的、生动的、可爱的、丰富多彩的。"

车子已经进入了慕尼黑，行驶在中世纪风格的铺着小方石的街路上。我看到城市里有许多教堂、古堡、巴洛克风格的民宅，以及铁笼里燃烧着火炬的二战纪念碑……

我特地观察了一下德国人——在街上抽烟斗的男人，在露天酒吧喝啤酒的女人，在街上大步流星而过的年轻人，伫立在街头傲视一切

04
行走世界

的摩托车车手，以及骑自行车的人和老年夫妇，感觉这座城市并不古板，或许这些只是表面的。我倒是在城里看到了一些我们中国人熟悉的那种玻璃幕墙或者铝合金组成的现代建筑（宝马公司就是其中的一个），好在这样的建筑并不多，只是间或地有。其他建筑仍旧按照德国人的传统风格建造，属于新古典主义建筑。

慕尼黑的城市当中有一条运河，很清澈，我看到天鹅和鸳鸯在河上优哉游哉的一幕。在欧洲人的建城观念中，城市乡村化是他们的至爱和追求。

因斯布鲁克

　　奥地利在十九世纪曾是欧洲的领导者（当时的奥匈帝国曾称霸欧洲）。在十五世纪的时候，因斯布鲁克曾是奥地利的首都。而今的奥地利虽然是中立国，但却是欧盟的成员国，所以外国人到这里来很方便。这都是没有办法的事，历史既然是活的，总要发生一些变化，或是在行为上，或是在舌头上。

　　因斯布鲁克早在十三世纪就形成了，现在只有二十万人口。小城干干净净的，走在小城里，只见车，不见人，用我过去写小说的叙述方式说，"正好天上正爽着小雨"，感觉很舒服。

　　远处的阿尔卑斯山也在似有似无的小雨的浸润之下，给我这个凡人的感觉就更不同了。因斯布鲁克这座城市很小，所以我没看到出租车。或许这里根本不需要出租车。

　　奥地利的国鸟是家燕。真是太美了。仅两个

字就把因斯布鲁克的恬静展示得淋漓尽致。我觉得站在因斯布鲁克任何一个地方都是照相的最佳景点。有着浓郁奥地利风格的房子，简直是贺卡上的一景。房子在树丛的包围之中，二层的房子有木制的凉台，凉台上摆放着一盆盆鲜花。一种浪漫便从房子里流溢出来了。所以说，到欧洲来，购物不必成为你的首选。你不妨细想一下，更多的时候，你缺的不是商品，而是一种全新的感受。

德国有名的新天鹅堡在福森市，十七世纪建在阿尔卑斯山上，是巴伐利亚国王路德维希二世建造的。车子顺着浪漫大道便可以来到新天鹅堡。

我在这里看到了路德维希二世年轻时的画像。我觉得他英俊得很是出类拔萃。为此，我特地买了他的一本画册。要知道，那本画册的价格并不便宜。我搞不懂他深爱着的茜茜公主为什么离开他远嫁他国。我猜，年轻的路德维希二世是因失恋才沉迷于建城堡的罢。他在位的时候花费了大量的人力、财力，甚至不惜贷款，一共建了三座城堡，其中就有被称为"梦幻城堡"的新天鹅堡。

我站在城堡下的时候，天仍在飘洒着似有似无的小雨。我甚至看见这个失恋的国王带领着一群少年郎在这里骑马游戏。他根本不理国政。但是，这个失恋者却非常崇拜罗马神话中的天鹅武士。传说中的天鹅武士总是在人们有难的时候降临人间，帮助人们摆脱困境，然后又默默地离开。失恋的国王觉得自己就是那个孤独的天鹅武士。因此，当你走进富丽堂皇的新天鹅堡时就会发现，每一个大厅、每一个房间都有天鹅武士的绘画与雕像。

在我的家乡哈尔滨，也有一尊凌空欲飞的天鹅雕像，很小的，略感遗憾的是，它没有浪漫的故事。没有故事的雕像是没有灵魂的。但愿是我孤陋寡闻，不知道其中的奥妙吧。

为了使天鹅武士更加形象化，路德维希二世还特地把在瑞士负债累累的剧作家瓦格纳请到这里来，并帮他还清了所有的债务。在新天鹅堡里，他和这位剧作家一起研究创作了关于天鹅武士的戏剧。正所谓一个老不着调，一个小不着调，但他们真的非常可爱。后来他们闹崩了。这是很正常的事。文学艺术界的人就像一群没有长大的孩子。

由于失恋的国王不理国家的政务，加上财政上的危机，大臣们几次请他回去，他就是不回去，于是大臣们商量立他的一个亲戚当国王，并宣布路德维希二世脑子出了毛病，疯了。当失恋的国王听到这个消息赶回去的时候，立刻被关了起来。第二天，人们在湖里发现了他的尸体。

新天鹅堡真是太美了，像梦幻一样矗立在阿尔卑斯山上。

04

行走世界

大巴进入巴黎，要经过一个不太显眼的涵洞桥，桥楼的入口处有一个士兵雕像，抱着一杆枪，两腿交叉着站着，十分懒散的样子——这大抵就是巴黎的风格吧。既能战斗，又会享受生活。

可能是法国的文学和影视作品看多了，我一直向往着巴黎。我之前一直以为自己不会有机会到巴黎来。还是那句话——机会是留给有准备的人的。因此，我很看重这次来法国的机会。

法国有许多我崇拜的作家，巴尔扎克、雨果、司汤达、梅里美、左拉、都德、莫泊桑、法朗士、萨特、加缪、罗曼·罗兰、福楼拜……可以说是数不胜数。当然，吸引我的，还有法国的咖啡馆和香槟酒。

在大巴进入法国的香槟区①时就听人介绍说，这里的地下香槟酒窖就有一百公里长。法国人自豪地说，香槟酒只有在正式场合才能饮用，而且只有法国产的香槟酒才能叫香槟酒，其他国家产的同类产品不能叫香槟。或许是这样，法国香槟酒的地位一下子提高了。

我自然也想喝一杯。

法国人非常喜欢喝葡萄酒，即便是一顿简单的午餐也要喝上半瓶葡萄酒。法国人一天喝三五次葡萄酒是很正常的事：饭前喝开胃酒，吃肉菜喝红葡萄酒，吃海鲜喝白葡萄酒，饭后还要补一点烈性酒。这就是为什么一进入法国到处都是葡萄园的道理了。

巴黎最早是古代高卢人居住的地区，后来罗马人在此建立了城市，名为路特提亚，这是巴黎的前身。在墨洛温王朝②时期，巴黎是重要的政治中心。

大巴经过兰斯③时，我看到了那座专门为法国国王加冕的教堂。在这里被加冕的国王都是贵族血统，可拿破仑出身平民，所以拿破仑的加冕仪式是在巴黎圣母院举行的。巴黎圣母院也因此身价百倍。但是，使巴黎圣母院闻名世界的，是雨果的作品《巴黎圣母院》。

现在大巴已经开进巴黎市区了，第一件事就是要喝一杯葡萄酒。法国专门有一个评酒委员会，每年都会评出星级葡萄酒。比如1997、1998年产的葡萄酒就不错。当然也有便宜的葡萄酒，比如2001年产的

---

① 香槟区：在法国巴黎以东，包括马恩省、埃纳省和奥布省的一部分区域，是香槟酒的产地。

② 墨洛温王朝：法兰克王国的第一个王朝，存在于481～751年的西欧，疆域相当于当代法国的大部分地区与德国西部。

③ 兰斯：法国东北部城市，是法国著名的宗教文化中心，被称为"王者之城"。自中世纪以来，兰斯成为法国国王加冕的重要地点，大多数国王都在这里受冕登基。

葡萄酒就很便宜，因为这一年雨水多，葡萄不甜，影响了酒的品质。买葡萄酒，先看看它是哪年产的，这是内行的表现，之后再痛痛快快地喝上一杯。

塞纳河

我住在巴黎塞纳河边的一家小旅馆里。

这家小旅馆到巴黎市中心，乘车需半个小时。从旅馆周围的建筑看，这儿好像是个工业区，即我们通常说的城郊。

巴黎小旅馆的免费早餐真是糟透了，只有一些面包、肉片、牛奶、咖啡，其他就没什么了。我要是和法国作家雨果、剧作家莫里哀在这里共进早餐就好了，我相信他们会因此写出一篇很棒的小说，或者这次早餐会成为一出戏剧的精彩细节。收起自己的想象吧，还是去塞纳河看看，巴黎的塞纳河是很有名的。

塞纳河并不宽，但感觉它的水很深，两岸停泊着不少船只。在巴黎，我曾经两次游览塞纳河，一次是在岸上，一次是坐游览船观赏塞纳河两岸的风景。

走在塞纳河畔，我不禁对法国人肃然起敬，早餐的不愉快也一扫而光。我看到，在塞纳河好几公里长的两岸上一边是卖鲜花的（巴黎是不是因此有了"花都"之称?），另一边是旧书市场。这使得塞纳河的品位一下变得不寻常起来。在这里徜徉，甚至可以买到难觅的孤本、十八世纪的明信片、珍贵的邮票、旧货币、旧报纸、旧画报、旧海报、旧书、速写、油画、水彩画……五花八门，应有尽有。我看到有许多人光顾这里，挑选着自己的所需，延伸着自己的梦想。这里俨然是文化人的天堂。

据说，旧书摊的由来要追溯到三百年前，它发源于塞纳河的银塔饭店附近的一些旅馆。住店的旅客把自带的书、杂志看过之后就扔在这里不要了，于是服务员把它们收拾起来卖给旧书摊。久而久之，便形成了塞纳河边这道充满着文化气息的独特景观，并且三百年来未曾改变过。据说，当地的文化人为了扶持这个旧书摊还设立了"旧书摊奖"，目的是挽救一些有价值的书籍。

乘游船夜游塞纳河完全是另一种感受。我一边喝着自带的热茶，一边欣赏着两岸被灯光装扮了的风景，有埃菲尔铁塔、巴黎圣母院、巴黎的保护神——圣·热纳维耶芙的塑像、巴黎警察局、巴黎大学、波旁王宫、巴尔扎克故居、天文馆、卢浮宫、蓬皮杜文化中心、先贤祠、伏尔泰故居、巴黎公社旧址等等。我觉得塞纳河上的每一座桥都是一件了不起的艺术品（像亚历山大三世大铁桥，以及桥头金色的雕像）。桥上的人头浮雕，向你展示着人生的各种表情。

那么，我又是怎样一副表情呢？

香榭丽舍大街

香榭丽舍大街，也有译为"香爱丽舍大街"的，但中国人喜欢叫它香榭丽舍大街。既然这条街有"巴黎之魂"的美誉，那就不能不去走一走。

香榭丽舍大街像城市的中轴线一样，将巴黎分为南北两半，东边就是协和广场，即过去的路易十五广场。这条大街比哈尔滨的中央大街要宽得多，但基本状态似乎差不多。记得在中央大街的马迭尔露天

04
行走世界

酒吧闲坐时，我曾听一个法国人说，这里很像法国的香榭丽舍大街。现在我走在这条街上，还是觉得两条街是有很大差别的。其中一个重要区别就是，香榭丽舍大街上到处都是露天咖啡店。

……

喝过美不胜收的法国葡萄酒，现在应当品尝一下巴黎的咖啡了。

众所周知，法国人喜欢喝咖啡。很多咖啡店都有政治沙龙和艺术家沙龙。这条街上最著名的咖啡店，是那家被称为"明灯"的富凯咖啡店。这家咖啡店接待过许多名人，如英国前首相丘吉尔、美国前总统艾森豪威尔、希腊船王奥娜·丽斯、女歌唱家卡拉斯等。这条建于1667年的大街，不仅是巴黎最时尚的聚居地，还是巴黎上流社会经常光顾的地方。这条街上有许多价格昂贵的高级服装店、豪华大商场、"高蒙""巴黎""乔治五世"等世界著名的电影发行公司，包括一些有名的老字号和剧院也集中在这条街上。只是没人会想到，先前这里曾是一片沼泽地。

在欧洲喝咖啡，有站着喝和坐着喝两种不同的方式。站着喝咖啡价钱就便宜，因为你喝完就走了，而坐着喝咖啡却需要相当长时间——那就不单是喝咖啡了，还有晒太阳（日光浴）的意思。在咖啡店外的露天咖啡座上，喝咖啡的人差不多一坐就是小半天儿。在巴黎我曾遇到过这样的乞丐，他说："先生，给我点钱吧，我连晒日光浴的钱都没有了。"弄得我有点儿不知所措，不知道怎样对待这样"高雅"的乞丐。

在欧洲，女人皮肤白并不是美，皮肤被晒得黑黑的才是一种品位、一种身份的象征，这表明你经常旅行，或在意大利，或在黄金海岸。

如果没有远行的条件，那么只好在街头的咖啡座上晒一晒太阳了。倘若这样的条件也不具备，那只好买一台紫外线灯，回家里"晒"吧。反正没人知道你的皮肤是在哪里晒黑的。

不过，巴黎的咖啡太苦，我不太适应。

巴黎有很多老人和中年人喝咖啡，但为什么我觉得自己已经过了喝咖啡的年龄了呢？

04

行走世界

穿过阿尔卑斯山谷

阿尔卑斯山是欧洲最大的山脉，也是最让欧洲人引以为傲的山脉。从意大利的首都罗马出来，去佛罗伦萨，去威尼斯，去奥地利，车子差不多都是要沿着阿尔卑斯山脉走的。

现在，欧盟的国与国之间并没有森严的边防，只是在高速公路上的两国之界有一个十分简单的牌楼，表明你已经进入了欧盟的某一个国家，或者是奥地利，或者是德国，或者是荷兰。车子经过这些十分简单的国门时可以直接开过去。

公路不远处的阿尔卑斯山脉，平均海拔在3000米，它的最高峰——勃朗峰也不过海拔4810米，但是它却非常宽阔，宽度有130~260千米。从1096年到1270年，前后8次，十字军就是沿着这条阿尔卑斯山谷进军耶路撒冷和地中海东岸地区的。

现在，车子正行驶在宽阔的阿尔卑斯山谷之

中。阿尔卑斯山像是一幅巨幅的画卷在不停地展开着。据说，挺拔的阿尔卑斯山是由于上古时代的冰川冲击才变得如此立陡立崖，有个性。我还看到山坡上的植被很厚，郁郁葱葱的，像无比巨大的绿宝石一样，雪色的山顶还常常被云雾笼罩着。它的气度真的不凡。

在向阳的山坡上有许多葡萄园。欧洲人对待葡萄酒就像中国人对待茶一样，需求量是很大的。另外，凡有葡萄园的地方还能顺便欣赏到巴伐利亚风格的民舍、教堂和古堡。的确，这就像亚洲没有庙宇不成亚洲一样，欧洲没有教堂也就不成欧洲了。而且阿尔卑斯山脉上的教堂总是矗立在那些房舍的最高处——与上帝最近的地方。

这时，车上正播放着欢快的巴伐利亚民间音乐，使得阿尔卑斯山脉变得风情万种起来。

我觉得好的音乐的产生从来都是与生存的环境有关、与人的心境有关的，像我国的西藏和陕北，那儿的歌唱总给人一种辽阔、苍凉的感受。然而，一段时间以来，中国城市的新音乐、新歌曲，不知为什么总是显得那么忧郁、颓废，以至于苦叽叽的，好像掉到泥潭里的甲壳虫，无论怎么爬也爬不出来。真是太糟糕了。

在欢乐的巴伐利亚音乐的陪伴下，车子轻松地穿行在阿尔卑斯山谷之中。这种欢乐、轻松、奔放、热情、健康的音乐，无形中对我构成了一种挑战，使我想到了很多，当然不是那种枯燥的学问式的联想，我想到的是道德。

我觉得一个国家的道德观是很重要的。但它又像一个易碎的花瓶，一旦被打破，重建它少则需要五十年，多则一个世纪。因此，我们应当像保护眼睛一样保护我们的道德观。

道德是一个民族的根哪。

这大抵是我穿行于阿尔卑斯山谷中的一个意外收获罢。

　　大约是十几年前，去阿尔卑斯山的少女峰，须搭乘老式的登山齿轨火车。这条铁路是世界上海拔最高的登山铁路之一。1896年，瑞士企业家阿道夫·古耶-泽勒为了让更多的人亲眼见证少女峰的美丽，主持修建了少女峰的登山铁轨。他和同事们在艰苦的自然环境下，经过16年的拼搏，于1912年8月，终于将齿轨火车铺上了海拔3000多米的山峰，建成了欧洲海拔最高的火车站。据说施工花费总额高达1600万瑞士法郎。

　　当年我乘坐的是二等车厢，往返票价为159瑞士法郎，若坐头等车厢还要再加30瑞士法郎。因轨道火车的上山坡度有40度，所以车厢的座位也是阶梯式的。这是一种很别致的体验，好像火车被不断地升起来，昂起头，攀向高峰。

　　火车从海拔200米开始往上升，在齿轮火车往上爬的途中，会有两个停车点，第一站为观景台，旅客在这儿可以拍拍照，在较远处拍一下被称为"欧洲屋脊"和"阿尔卑斯山皇后"的少女峰。第二个停车点，则是让旅客下车走动一下，先适应一下高原反应。虽然火车不断向高处爬行，但速度并不慢，感觉它有足够的动力，毫不吃力的样子。一路上，齿轮火车穿过一层又一层的云层，从云层中钻出来后，每一层都是一个新天地，可以看到河流、湖泊、弯曲的乡间小道、拄着拐杖的老人，还可以看到正在建设中的工地。在山上到处都是巨大的牧场，奶牛们系着硕大的铃铛在那里悠闲地吃草。这里的草不仅丰沃，而且"绿色"，牛吃这样的草，产下的牛奶自然也是"绿色"的。

山区到处都是几十米高的松树。这些松树构成一片又一片的森林，在云中一层一层地纵向分开。齿轮火车不断地向上攀升，森林之上还有森林。在火车上升的途中常能看到登山者的身影，还可以从不同角度观看山海云涛的景色，俯瞰卢塞恩的远景。这里自古被认为是龙居住的地方，途中的建筑几乎都有龙的旗帜和图案。但是关于龙的传说却不得而知。人已经站在山顶，也站在云上了。眺望远处，看云海中的山峰，博大而壮阔。

火车已经升到了3600米，这个高度超过了我过去在青藏高原登上的3200米的高度。中间还要换乘火车，时间如此之紧让我感到有些不适应。不过还好，只是火车到达少女峰之后，还要步行穿过一条岩石隧道，我就感觉不适了，准备原地等大家返回。当我正在大厅里闲逛的时候，一位热心的当地朋友又跑了回来，执意让我跟她一起上去，她说路不远，别担心。

的确，这条岩石隧道并不长，走出隧道，少女峰就近在咫尺了。这个地方是瑞士中部最有名的瞭望台——斯芬克斯观景台。它是有名

04
行走世界

的观赏日出和日落的地方。在山顶的瞭望台上，可以放怀欣赏阿尔卑斯山脉的全景和延伸到德国的黑森林，乃至法国大平原。据说，19世纪前期，像韦伯、门德尔松、维克多·雨果等文化名人都曾到过这里。

少女峰即在不远的高处，这真是山外之山、山上之山、峰外之峰、峰上之峰，让异乡异客大开眼界，惊叹大自然的鬼斧神工。是啊，在欧陆平原上很难充分地体会阿尔卑斯山的壮阔之美。只有人站在"空中"鸟瞰，才能真正领略到阿尔卑斯山的雄奇壮阔啊。的确，不到少女峰，不知道天下风光之美哟。秀气的山峰上覆盖着乳白色的雪，在灿烂的阳光和湛蓝色天空的映衬之下，俨然一位披着婚纱的新娘，称它是"阿尔卑斯山皇后"，真是名副其实。你凝视着她，并没有被拒绝的感觉，反而能自然而然地进行心灵沟通。这样无言的沟通更纯粹、更真诚，会让你悟到生存与生命的意义和活着的内涵。这一年正好让我赶上了登山火车修建100周年纪念活动，在山上，能得到一本"护照"，以此证明持有者已抵达欧洲海拔最高的火车站。

在山顶上有一个小乐队，我走过去与他们合影。在另一边，还有几个青年人正在练习混声合唱。在山坡处，有幸欣赏到了瑞士表演艺术家吹那种长长的风笛（即著名的阿尔卑斯长号），并与他们合影，他们都很热情。这种阿尔卑斯长号是瑞士山区牧民的传统乐器。为了便于随身携带，这种长达340厘米的木质号角可拆解成两段或三段。据介绍，吹奏该乐器时必须保持站立的姿势，持稳长号，保持气息顺畅，同时吹奏者必须双唇颤动，如演奏其他铜管乐器一样。它的声音可以传到很远的地方，并在山谷里回响。因此，它也一度被用来传递信息，或召唤村民到教堂集会。

中午在山上的餐厅用午餐。说实话，这次到瑞士来，面包是我最爱吃的——的确，哈尔滨人对面包的记忆是深刻的。遗憾的是，山上的餐厅除了半生不熟的米饭，就是一只鸡翅和一点点蔬菜（要一杯热水还要收4瑞士法郎）。没关系，我正好吃自带的面包，瑞士的面包即便不配菜，嚼着也很香。不过，餐厅最后上的冰激凌很好吃，两个球，其中一个是柠檬味的，据说这种青柠檬对胃肠很有好处。

天晴了——这里是指云上的天晴了。站在栏杆边上，乌鸦就飞在你旁边，或者落在你的手上。很惬意。

牛津到了。

"牛津"的意思就是"牛渡河的地方",挺乡村的。至于牛津大学是什么时候设立的,众说纷纭,大约是在十二世纪,至今还没定出一个准确的年代。牛津大学设有众多学院,而且学院都是相对独立的,有很高的自主权,可以独立招生。只是这儿的学费非常昂贵,有的专业一年需要交五万多英镑。

尽管牛津大学学院众多,但当你进入这个区域的时候,就发现这些学院非常分散,更引人注目的则是大学城里的商业区。商业区内有咖啡厅、商店、饭店、美发厅等,不少学生经常去那里吃饭、休闲。我经过那里的时候就看到两个亚洲女生正在餐馆里吃比萨。不知道她们是中国人、越南人还是日本人。她们的家庭经济状况一定很好,桌子上放的奢侈品就足以证明这一点。

据说每个学院都有自己的徽章、T恤衫和纪念品。在校园里还可以看到不少印度人和黑人。在英国，有很多人信天主教。在牛津大学里，你也会感觉到那种浓厚的宗教色彩，尤其是在那些宗教性质的学院。但遗憾的是，如果你要参观某个学院需要付三英镑。不过牛津大学的博物馆、图书馆、国王学院却是学生和游客可以自由参观的地方。据说这里的图书馆是世界上藏书最多的图书馆。如果赶上好日子，还可以欣赏大学里举行的划船比赛。

徜徉在牛津大学，随处可以看到那些装扮成古代人物的卖艺者。补充一句，校园里的教师住宅非常漂亮，院子里有花、树和私家车。真的不错。

由于校区很大，所以还设有公交车，只是需要等一个小时车才会来。

温德米尔湖

晚上下了一夜的雨。

天气预报说整个英伦都在下雨。早晨打开窗子时，浓郁的草气味儿扑面而来，令人沉醉。窗外，野栗树的叶子已经开始变黄了。我发现那种像铃铛一样的野栗果实是带刺儿的。据说，这种果实可以用来喂马。听说欧洲人很喜欢这种树，因为它除了漂亮，还有经济价值。旅馆的周边还有很多法国梧桐、七叶树和槭树，在秋风的熏染下变得如此绚丽多彩。这可真是一个妙不可言的早晨。

早餐照例有炒蘑菇。这是我最喜欢吃的。我一边吃，一边欣赏着窗外在雨中行驶的车。在英国，下雨天里所有的车都须开着车灯行驶。这是一条规定。人在英国，有一句话您一定要记住，那就是：出门别忘了带雨伞。

驱车去温德米尔湖区的路上，我看到很多车，据说都是度假人的车。英国的夏天不是很长，英国人通常会选择在七八月，跨过英吉利海峡到法国、西班牙或地中海一带去度假，我们则选择英国。这就是文化。什么叫文化？选择就是文化。

一路上，我看到路边的坡地上有不少用石灰石堆起来的牧场围墙。毫无疑问，这种围墙堆砌起来一定耗工费时。那一个个家庭牧场看上去都很漂亮，有羊群正在雨中吃草，非常迷人。经过山区时，可以看到绵延的山上有无数条山溪往下流，这真令人震撼。

英国的畜牧业很发达，因此这里的奶制品也很有名，特别是那种叫 WALKER 的饼干，奶味十足，酥脆可口。在这里喝的酸奶是天然的，味道醇厚。我注意到，当地的英国人喜欢把酸奶浇在水果块上吃。这样简单的吃法我很喜欢。

九月的温德米尔湖区，到处都是游人。身临其境，才发现所谓的温德米尔湖区不只是一个湖，而是由众多湖泊组成，要全部游下来，一天是不够的。

一些英国人在这儿垂钓。

温德米尔湖果然名不虚传，是英国西北部最漂亮的地方，而雨中的湖光山色就更显不同寻常了。英国诗人威廉·华兹华斯说："我不知道还有哪些地方能在如此狭小的范畴中糅合光影的变化，展现如此壮美的景色。"

说得好。

我打着雨伞，一个人款款地沿着小镇的方石路一边走，一边欣赏着两边的景色。这里的每一幢房子都堪称艺术品。雨中漫步，会感觉到英国经典的文学、戏剧以及电影中的许多场景正在轮番地向你走来。那些建筑一律掩映在高大的树林里、山水边。在这静静的山林里，在雨声的陪伴下，遇到的每一幢房子你都想走进去，喝上一杯热咖啡。

后来，我不知不觉地走上了一条岔道。这条小道上绝少行人，仅有几家私人旅馆，偶尔有车子从我旁边飞速地开过。有的车子在我面前减了速，他们大概认为我是一个需要搭车的人吧。然而有趣的是，那些减速的大都是老年妇女开的车，这让我感到自己真的老喽。

英国湖畔诗人说："在这里会忘却时间和金钱。"还是诗人说得对呵，不过还要加上一句：忘掉自己的年龄。

关于这儿的房子，需要特别说一说。这儿的房基大都是用石块垒起来的，亦有整幢房子都是用石块垒成的。我知道这种房子冬暖夏凉，依山临水，住着十分舒适。虽说英国早期的建筑风格来自罗马，但后来随着哥特式建筑的出现，这里的教堂和民宅也大都是哥特式建筑了。在这里，你还可以看到许多维多利亚女王时期的建筑。总之，这些建筑不仅仅是凝固的历史，也似一个又一个童话，令人神往呵。

来约克自然要到剑桥。剑桥是我这次旅行的重要目的地之一。

天气很好，秋日的阳光照在脸上很温暖。这在"出门别忘了带伞"的英国很难得啊。

剑桥，与其说这是一座大学校园，莫如说是一座微型城市。剑桥有许多学院，随处都可以看到教学楼和学生宿舍。在校园里骑自行车的人多了起来——这是世界上所有大学共有的独特风景。而且每辆自行车上都有一个草编的篮子，估计是用来装东西的。校园里有许多老师和学生，感觉很温馨。其中一位我误以为他是乞丐，因为他的穿着很邋遢，到了近前才发现这是一位不修边幅的学者，夹着一大摞书匆匆地从我身边走过。直觉告诉我这是个大腕，拍照是来不及了。不远处的那个捡烟头的人倒是个彻头彻尾的乞丐，离他不远有一个卖艺者在一边弹琴一边唱

剑桥撑船 ↝

歌。看来艺术与乞讨是孪生姊妹呀。还有一位年轻的女人把自己打扮成一尊银色的雕像，借力天使为自己讨食。

这里虽然没有牛津大学校园商业气息那么浓，却与生活联系得很紧密，校区里同样有各种各样的商店、服装店、化妆品店，卖各种商品。其中以卖各学院的纪念品为多，出售三十多个学院的校徽、博士服、帽子、T恤衫等。

到剑桥来坐撑篙船是一个固定的节目。撑篙船并无特别之处，很普通。传说中的康河并不宽，但水很深，据说有三米多，可以游泳。给我们撑船的是一个叫查理的帅小伙儿，二十岁左右。他就是剑桥人，但他并没有在剑桥上大学。他说，这里的学费太贵了。

康河两岸一切都静悄悄的。撑篙船穿过木结构的数学桥、银色桥、叹息桥。叹息桥，我个人理解，大约是人到了这里就会为自己的灵魂再也离不开这里而叹息。

撑篙船缓缓地行驶着，两岸的草地上有休息的学生、教员和情侣。徐志摩先生曾在这里逗留过，十分沉醉又不愿离开，便写下了著名的《再别康桥》。这首诗中无论如何是有一丝伤感的。是啊，所有的人都会有同样的感受，不愿意从这里匆匆而去。徐志摩说得对，当你离开这里的时候，什么也带不走，只能挥挥手，轻轻地叹息一声。

在校园中徜徉，在牛顿发现地球引力的那棵苹果树下留个影吧。人类的伟大发现不是在地球的这一边，就是在地球的那一边。尽管你和家人离这所世界著名的大学很远，或仅仅在瞭望中、在阅读中，但同时它又离你很近，因为这里创造的一切在你的生活中无处不在，形影相随。现在只能是挥挥手，轻轻地叹息一声，然后离开。

黄昏时分，大巴向伦敦方向驶去。在暮霭中你会看到房子和楼房渐渐多了起来。这是一个信号：大城市就在不远的地方了。

一个人的午餐

爱丁堡的那个古老的城墙上，空空荡荡。向上而行，空气出奇地纯净。正是正午时分，在我向上行走的城墙垛口那个地方，看到一个当地的老人在用午餐。他一个人的午餐很简单：面包、火腿和一瓶水。老人带着一条雪白的餐巾，用刀子和叉子慢慢地吃着。很显然，这是一个有教养的人、一个优雅的人。我可以肯定他是一个人独自生活的。他到爱丁堡来，似乎是旧地重游。当年，瑞典国王的女儿克里斯汀和著名的数学家笛卡尔就在这里上演了令人匪夷所思的爱情故事，或者他是一个怀才不遇的人也未可知。

古老的城堡很宁静，宁静到上帝都不想打扰这个用餐的老人。一个人的世界需要得到尊重，我深知这一点。但是我心中还是有一种淡淡的酸楚。我知道老人是在用这样的方式抓住生活中的每一个细节，不让宝贵的时光从自己手中溜走。

他热爱生活，热爱生命，也热爱大自然，哪怕他是一个生活上的落魄者，一个孤独的人。他拥有自己的尊严和教养，哪怕仅有几片面包、一片火腿和一瓶水。

此情此景，让我想起多年前居住在道外区的那个老人。她没有生活来源，靠政府的救济生活，每天早市或晚市散场的时候，好心的菜农会把自己卖不掉的剩菜送给她。回到家里，她点上蜂窝煤炉，用它来涮火锅——青菜火锅。她几乎同爱丁堡城墙上的这个外国老人一样，在坚强地、有尊严地活着。

爱丁堡城墙上面非常开阔，非常美，像一幅画。你能感觉到阳光是那样温暖，空气是那样纯净。城墙上面的人很少，正唯如此，我想，那个老人才一定要带着午餐，在这里从容地欣赏着风光。大自然像一位慈祥的母亲，温柔地接待了这个年老的孩子。

亚洲图书馆

从外观看，温哥华的英属哥伦比亚大学像一域没有围墙的风景区。那些学生宿舍、教学楼、食堂和私人餐厅，被葱郁的树荫所掩盖。在这所大学校园内，我发现有些椅子上镶有一个不大的铜牌。原来，它们是曾在这所大学任教的先生们捐助的。牌上简单地写着捐助人的个人概况和研究成果。我就想，倘若松花江的长椅上也有如此的做法，哈尔滨的文化味就更浓了，对后人潜移默化的影响也会更大。

陪我们的加拿大华人作家协会副会长梁丽芳教授告诉我们，她就在这所大学读了八年书，从硕士到博士。她说，要不是她成绩优秀，这两个学位八年是读不下来的。

协会的另一位华人副会长刘慧琴女士，刚刚移民到这里的时候，也曾在这所大学任教。由于她没有学位，只能做讲师或教授的助手。刘慧琴女士出国前曾就读于北京大学，那时国内还没有实行学位制。在国外没有学位，水平再高也只能当助手。作为助手，不仅工资低，而且还要忍受不公正的待遇。她伺候的那位讲师水平就很差，教案上的错别字及常识性错误还得由刘女士一一改正。这就不仅是不公道，而且是一种痛苦了。

在加拿大，任何年龄的人都可以上大学、读学位。一个班级里有三四个六十多岁的学生，这一点都不奇怪。可惜我们走进这所大学的时候，学校正在放假，我看不到这种情景。梁丽芳教授告诉我，加拿大大学的假期很长，其中一个主要原因，就是给学生到社会上打工的时间。很多学生都利用假期去打工，挣学费。梁丽芳教授讲，她在大学读书的时候就打过工，比如到餐馆当服务员、刷盘子，到旅馆给客房发毛巾，逐个检查客房的卧具上是否有头发丝等。一切都得抓紧时间，打完工几乎是跑着去上学。在她的同班同学当中，还有打工当公共汽车司机的。这位学生常常来不及换下司机制服就跑来上课了。但同学们都觉得很自然，没人瞧不起他。

这样一看，我们的大学生就优越多了，基本都是父母出钱供着，从小学到高中，然后到大学，然后到硕士，再然后到博士、博士后，接着准备出国留学，准备结婚。老爹老妈省吃俭用，心血全部倾注到孩子身上，孩子出息了，老爹老妈就闹一个高兴而已。倘若孩子有了孩子，自然还得由老爹老妈带。在当今的社会中，上哪儿去找这样好的老爹老妈去呢？当老爹老妈把孩子推到高位时，自己也差不多到了与世长辞的最后关头了。

中国的老爹老妈，真是伟大又悲怆呵！

在哥伦比亚大学，我们还参观了由日本人援建的亚洲图书馆。那是一座日式的大屋顶建筑，里面的设备是很现代化的，一切都由电脑操作。比如查问《四库全书》中有关地震的记载，输入有关字码，几秒钟后，历史上有关地震的资料就全部提供给您了。一块儿去参观的何先生想看看亚洲图书馆有没有他的著作，一查，果然有，并把索引打印出来。亚洲图书馆里有复印、扫描、胶片放映等功能，并且还定期开展图书馆教学活动。我们还特地参观了中国图书部分。在那里，我看到许多国内作家的著作赫然摆在上面。只是我没有发现我的书。图书管理员说，可能全都被借走了，有的研究者借书差不多就是全部。我惭愧地一笑，觉得这个管理员很会说话。

这个管理员还告诉我，该图书馆跟世界许多图书馆有交流，如果读者想借阅的书他们没有的话，可以从其他国家的图书馆调过来，借给您看。

在参观亚洲图书馆时，我意外地发现了移居加拿大的华人青年作家焦建良正躲在一个角落里写作。那个舒适的角落，可以令所有哈尔滨的业余作者垂涎三尺。它不仅有单独的桌子、单独的台灯，还是一个单独的"V"形角落，与其他读者互不干扰。此外，还免费供应冰水、墨水、胶水等。这个青年作家的写作计划很多，也很艰巨。其中就有一部以移民为背景的长篇小说。他需要的任何资料，在这里都可以得到满足。我过去跟他说，放开写吧，我非常羡慕你，我永远也达不到你这种写作条件。

当我们要离开亚洲图书馆时，那位管理员递给我一份她刚刚打印出来的关于我的书的目录。这令我很感动。我发现自己的几十本著作也被这家图书馆收藏了。她说，如果你对亚洲图书馆感兴趣，还可以上网访问。

离开亚洲图书馆，我特地在它的门前留了影——因为我们离它太遥远了。

倘若有这样的图书馆的支持与帮助，对于一个绝对孤独的写作者来说，就是最灿烂的阳光了。

冰酒

　　基隆拿是加拿大最著名的葡萄酒酿酒厂的所在地。导游斯蒂芬介绍说，这里的冰酒世界闻名。英国女王访问这里时，点名要这里产的冰酒。因此，到这里来，冰酒是一定要买的。而且，在这里买冰酒不上税，是所谓的出厂价，比外面商家卖的便宜十多加元。只是我对洋酒并无兴趣，总觉得洋酒到底是洋酒，喝起来有一股汽油味。

　　驱车去这家酒厂的商店的途中，就可以看到大片的葡萄园。那可是一片让人牵怀的异域风光呵。

　　酒厂的商店在翠色的山坡上，临着一片碧色的湖。一个巨大的冰酒广告雕塑矗立在商店门口的小广场上，有不少中外游客在那里摄影留念。在商店门口，有一面中式的大铜锣，上面用中文写着"敲出好运"，很多中国游客都忍不住敲一下。

在锣声当中，我不觉哑然失笑。看起来，这家酒厂的最大买主恐怕是中国人了。

酒厂的商店分内厅与外厅。外厅濒湖，类似露天餐饮厅。圆桌、白椅，略置鲜花，可以一边品酒，一边欣赏眼前的湖光山色。

在内厅，年轻的华人女售货员向游客介绍各种葡萄酒。在她前面的柜台上摆满了高脚杯，每个杯子里都斟着红葡萄酒，游客可以随意取来品尝，并不收费。女讲解员教游客怎样拿杯、怎样晃杯，看酒液如何从杯壁流下，以观成色；再教怎样闻酒、怎样品酒，呷一口，让酒汁在口腔内动作（类似于涮），之后，再款款地咽下去。接下去，讲白葡萄酒，方法与前者差不多。而最后出场的才是鼎鼎大名的冰酒。坦率地说，品了前两种酒之后，并无与先前记忆里的经验有何不同。但是，前两种价格毕竟便宜，红葡萄酒十九加元，白葡萄酒二十一加元。而白冰酒，一下子升到七十七加元，红冰酒要八十加元。这就不能不尝了。

品过冰酒，果然不同凡响。冰甜适口，无任何异味。如果不是价格太贵，无论如何也要买一瓶回去。七十七加元，折合人民币四百多元。贵了一点。

据介绍，酿一瓶冰酒需六十磅葡萄。因此冰酒被称为酒中极品，有"一滴酒，一滴眼泪"之说。

我取过一杯免费的冰酒，坐在外面的露天饮厅款款地品尝。幼稚固然幼稚。然而，酒之甘美，又不得不加以认可。

这个镇叫灰熊镇。据说，所有的商店都卖小灰熊。倘若再带一瓶冰酒，差不多就齐了，可以悠然地离开这里了。

我应当买一瓶。但舍不得钱。

从葡萄酒厂的商店出来，大巴要路过欧肯纳根湖（当地居民简称其为"OK湖"）。这里是印第安传说中的湖怪"OGOPOGO"出没的地方。据说加拿大有这样一则诱人的布告：如果有人能拍到湖中的水怪，可以得到两千万加元的奖励。

水泽湖的风光也绮丽，湖面上有世界第二大浮桥，不失为一大景观。

　　甘露市是加拿大盛产花旗参的地方。车穿过沙菲河谷及低陆平原地区，经过一段高速公路就到了。

　　小镇不大，但风景的确不错。地势辽阔，用"田园牧歌"大约可以概括。甘露市的花旗参主要是人工种植的。由于参怕烈日晒，能看到不少参园都用黑色的纱布遮挡着。这样，晒进参园的日光就减弱了很多。据说凡是种过花旗参的地方，八年之内什么也不长。听了有点惊心动魄。

　　像世界所有的旅游公司一样，我们被拉到专门销售花旗参的厂家商店。我倒是看不出个所以然来，但同行的何先生的父亲是中医，特地嘱咐他带一些花旗参回去。何先生为了买这种看上去很普通的小玩意，花了两百多美金，我看了都有点心疼。可既然花旗参这么有名，我也胡乱地买了一点，并给家父买了一盒花旗参茶，以作纪念。好与不好只有天知道了。

从这个厂家商店出来，便去崇山峻岭当中的飞鹰坳。那里是太平洋铁路东西贯通之接点，所谓最后一颗钉所在的地方。

这个最后一颗钉的所在地很幽静，看上去也很美。似乎只有一条小街，小街上只有一家不大的商店。离小街不远，便是太平洋铁路东西相接之处。为了纪念这个贯通的日子，铁路当局专门铸造了一颗金色的道钉，并举行了盛大的仪式。这条铁轨还在。不过，看上去很窄。铁轨上停着一辆陈旧的火车头。我特地爬上去看了看，很小，很简陋。感觉像哈尔滨儿童公园的儿童火车头。下了火车，我又去了那个专门为最后一颗钉竖立的纪念碑前。纪念碑不大，我和几个台湾游客都哈着腰在那儿看。然后，几乎都长叹了一口气。在前头不远处的小卖店，我花了四加元买了几张有关最后一颗钉的老照片。然后怀着一种痛苦的心情离开了这里。

当年为修筑这条横贯北美大陆的铁路，加拿大曾经雇佣了一万三千多名华工。在崇山峻岭之中施工，太艰苦了。这些背井离乡的华工，长年忍受着难以想象的困难劳作，而且他们担任的是最艰苦的一段，但他们的工资每天只有一加元。铁路修成了，东西贯通了。在铁路当局举行的盛大的"最后一颗钉"仪式上，却不允许一个华工参加，连在远处围观也不允许！据有关资料记载，这里的每一公里铁路，就埋葬着三具筑路华工的尸体。可以说，这是一条用华工的血肉筑起来的铁路。然而，洋大人们没邀请一个华工参加。不仅如此，在那个纪念碑上竟也没提华工一个字。

商店里有许多漂亮的风景画片，我并没有买，我嫌它太贵。但有关"最后一颗钉"的照片，我必须买。我感觉，有时候，中国人的宽

行走世界

223

容有点过了。尽管宽容非常美，非常有风度。

离开"最后一颗钉"后，便驱车去著名的三峡谷鬼镇风景区。其实鬼镇仅仅是一个传说。最早在这里经营旅游度假生意的是一对夫妻。他们想向银行贷款，在这里办一个旅游景点，但几乎所有的银行都拒绝了他们的申请，认为这个地方没什么旅游价值。后来，他们好不容易找到一家可以贷款的银行。他们把这里命名为"鬼镇"，生意一下子火了。开始是夫妻为客人做饭、服务。晚上，男人弹琴，妻子给客人跳舞，还有篝火，挺浪漫的。后来，他们的生意越做越大，这里真成一个镇了。

但是，在我看来，鬼镇很普通。

当然也有不普通的地方。比如，这里的法律规定，树倒了，或倒在林子里，或倒在小溪中，任何人都不准挪动它们。在他们看来，树倒在林子里或倒在山水中，自然有它们的道理，人类不该去改变它。

这条法律规定颇为耐人寻味。

哥伦比亚冰原

　　这次旅行，去哥伦比亚冰原游览是重头戏。无论是在出门之前，还是出国之后，都有人特别嘱咐我们，必须带上毛衫，不然去哥伦比亚冰原会冻得受不了。本来出国以轻行简装为好，但友人的告诫又不好不认真对待，在赤日炎炎的大陆，把厚厚的毛衣之类放在旅行箱里，真是不情愿。

　　哥伦比亚冰原约有325平方公里，是落基山脉中最大的冰原，相当于90个纽约中央公园的面积，平均每年降雪量为23英尺。它一共有三个出海口：太平洋、大西洋、北冰洋。阿萨巴斯卡冰河就是从哥伦比亚冰原上分流出来的冰河之一，已有300万年的历史。我们去的就是阿萨巴斯卡冰河所在的哥伦比亚冰原，这个冰原归贾斯珀国家公园管理。

　　在临近阿萨巴斯卡冰河时，导游就提醒大家

一定要把带的厚衣服穿上，免得冻感冒了。另外，他还告诉大家，一定要喝一点儿冰河的水，因为这儿的水是全世界最纯净的水。如果谁有瓶子，还可以装一点儿回去。

我们下了车，须换乘布鲁斯特兄弟公司的专门的雪地车去阿萨巴斯卡冰河。

布鲁斯特兄弟公司创建于1890年。那时候他们赶着雪爬犁，从路易丝湖那边带客人到这里来。后来他们发展起来，改用履带车把客人送到阿萨巴斯卡冰河上。然而这种做法很快遭到了贾斯珀国家公园的禁止，因为履带车破坏了冰河的生态与景观。于是布鲁斯特兄弟公司开始使用专门的雪地车运送游客。

我们就是乘坐这种雪地车去阿萨巴斯卡冰河的。这种雪地车是六轮驱动的，轮胎很大，相当于一人高。它极其缓慢地行驶在极陡的雪地上，真是有点让人悬心。好在旅程不长，几分钟就到了。

大家一下车，就站在神奇而壮观的冰原上了。凝固的阿萨巴斯卡冰河一层一层地向下铺展开去，虽然它在静止的冰冻之中，但是仍能感受到它在缓缓流动着，几乎在每一层冰河的断层上，都有冰河之水缓缓地向下流，并形成了一两米宽的冰槽。冰河之水是由150年前的积雪结成的冰块融化后形成的。要想喝世界上最纯净的水，这些地方是最佳饮水处。

阿萨巴斯卡冰河的四周，是哥伦比亚冰原和连绵不断的、覆盖着皑皑白雪的哥伦比亚山。尽管四周寒气逼人，但没有人感到寒冷。须知，世界上只有这条冰河，游人可以上来。其他的冰河，像北极，只有专业人员才行。

也有游人在当地专业导游的陪同下向纵深地带走去。他们一字排

开，像一个个小黑点。据说那相当危险。一不小心，就会掉到冰河里去。

真想在这里多待一会儿。

真的。

在这里感到的，不仅仅是神奇，更多的，是自然界的伟大。

再见，阿萨巴斯卡冰河。

再见，哥伦比亚冰原。

再见，加拿大。

05

阿成心语

即这些知识等闲过去……

只要你是一个有心人，你就不会让这些书的内容，

这就构成了人生的一本大书，

闭上眼睛那一天才结束。

实际上，实践在你睁开眼睛那一天就开始了，

　　在杭州逗留期间和一个编辑聊天，聊到读书时，我说，小的时候我常利用寒暑假和其他节假日，去坡路上帮着人力车夫拉小套儿，这样可以挣一点儿小钱。通常拉一个上坡有五分钱的报酬。我就选择坡多的地带等候雇主。

　　那么，拉车得钱何所营呢？两个用途，一是看电影。在寒暑假，学生票是五分钱一张，半价。今日想来，正是这样的习惯、这样的爱好，让我到今天也喜欢看电影。记得我曾经把一家出租录像带的小店所藏的录像带全部看完。录像带时代结束之后，便开始了光盘时代。我开始大量地购进各种内容的电影碟片……那么挣钱的另一个用途是什么呢？去街头的小人书摊儿看小人书。很便宜的，一分钱看一本。摊主在小人书摊儿旁边放几个小板凳儿，供孩子们坐阅。挺人性化的。常常是把兜里的钱看光之后，我才恋恋不舍地离去。

在我的少年时代，这样的小书摊儿在城市的街头随处可见。当时并没有人取缔这种私人的书摊儿。除了这种摆地摊儿的，还有一家家小人书铺。小人书铺通常不在闹市区，多是在学校附近。放学之后，我便一头扎到那里去看小人书。什么内容都有，《三侠五义》《峨眉剑侠》《龙虎风云会》等等，以及一些世界名著、中国名著的连环画册。

　　当然，去小人书摊儿看书的不止我一个孩子，很多孩子都喜欢去，包括一些大人。那么，这些孩子和大人有什么梦想吗？想当作家吗？想获得知识吗？说实话，真的没有，就是好奇、喜欢而已。我曾经说过，没有功利性的阅读是最佳的阅读。他们完全是出于兴趣，或者深深地被小人书里面的故事所吸引，才继续读下去的。

　　经历即习惯，直到今天我依然喜欢去逛旧书摊儿，俨然和它们有了某种亲情的关系。记得某年去巴黎，经过塞纳河畔的旧书摊儿，不知是出于怎样的情感，我久久不愿意离去。尽管这些旧纸几乎全是我读不懂的法文书报，但依然让我不舍离开。

　　成人时代到了，成了家，有了孩子，我依旧喜欢看小人书、买小人书。当然，更多的是给我的两个女儿看的。我觉得孩子们获得知识，小人书是一个不可或缺的途径。

05
阿成心语

　　有一位朋友看了我博客上贴的照片，留言道："你怎么总是车轮滚滚啊？"的确，只有不断地车轮滚滚，不断地走下去，才能使一个写作者精力充沛，充满激情。

　　古人说："读万卷书，行万里路。"从表面看，这句话大家似乎都懂了，实际上并没有完全懂。读万卷书和行万里路是一个因果关系。这里的书，聪明的古人绝对不会单指纸介媒体，一定还包含着更广泛的内容。

　　在多彩的生活当中，只要睁开眼睛，你看到的，就是知识。你看到秋天的叶子落了，会有一种伤感，如果将这种伤感化作文字，就是文章。你看到漫天的大雪同样会有所感慨，就像一个俄罗斯人说的那样，雪花，是天降的书信！这同样是诗的语言。看到高山、大海、大江、狂风暴雨，无论这个人有无文化，都会发出些感慨来。

而这些感慨便是情感的积累，换句话说，也是知识的积累。它不仅是浪漫的、情感的，同时也是研究自然科学的大门，你得通过种种表象，走进这扇大门，才能深入了解到事物的本质。

简单地说，你看到桌子，桌子也是书——它的构成、它的历史，包括它的工艺，乃至它的材质，都会丰富你对桌子的认识。当你开着车，车就不是书了吗？同样也是。它包含着许许多多的工作原理，甚至还包括车之外的社会因素。所以，古人说，读万卷书，行万里路。我们把它反过来说，行万里路，就如同读了万卷书。真正做到知行合一。

当然，首先你得是一个有心人。有些人喜欢把它叫作社会实践。实际上，实践在你睁开眼睛那一天就开始了，闭上眼睛那一天才结束。这就构成了人生的一本大书，只要你是一个有心人，你就不会让这些书的内容，即这些知识等闲过去，若是你有一种探索的态度，甚至有丰富的情感，它会成为你重要的精神财富，成为支撑你前进的重要力量，它会让你更自信、更强大，也更有幸福感和成就感。

　　已经记不清从何时开始写散文和随笔，但是粗略地算一下，至少也有二十多年了。尽管这期间写了不少小说，但是散文和随笔从来都是在自然而然的情况下，拿起笔来不自觉地表达着自己对社会、众生世相乃至山川水树的感受。

　　回望中国的文化史，甚至人类的文化史，类似的表达始终绵延不绝。这并不在于你是一个小说家、剧作家、文艺理论家，还是政治家，或者普通人。这些身份上的特质和个人的追求，从未阻碍他们用散文或者随笔的形式记录他们的人生感受。而这样的感受在一代又一代的读者当中、在不同的阶层当中，始终有着广泛的影响，成为人类精神生活的重要滋养。当然，这需要单设一个专门的话题来阐述。但重要的一点是，散文和随笔是在表达作者的亲力亲为、亲身感受，表达作者最纯洁、最浪漫、最富于幻想又最无奈的一

面——这恰恰是人生的滋味，并渗透到每一个人的心灵中去引起共鸣。

而小说、戏剧，包括影视之类，其制作的痕迹无论如何是摆脱不掉的。也可以这样说，散文（包括诗歌）的地位，在读者心中要比其他艺术门类可信得多、亲切得多，也重要得多。其中的奇妙之处，在于非散文随笔作家的散文完全是自然的流露，非功利的驱使。因此，就更接近自然，更真实，也更接近散文、随笔的本质。因此也更受读者们的欢迎——这一点是非散文作家所始料不及的。

聊聊经典。

坦率地说，对于文学作品是否经典的界定，其实是很个人化的。我曾经说过，每一个阅读者都有自己的权利，就是对某篇作品的评判权。现在看，这个权利评论家掌握得比较好，运用得也比较充分。此外就是教中文的老师，他们运用得也可以。但是普通的、非专业的读者在这方面运用得就不是那么自觉，甚至忘掉了自己的权利，常常不由自主地人云亦云。说起来，经典文学作品之评判通常是在大众之中产生的，这是经典之花的土壤。如果是无土栽培出来的经典之花，这类经典作品就比较可疑、比较脆弱了。当然，这也不是什么大事。

现在我们回到阅读的源头。闲着没事，随便打开一本杂志看一篇小说，这种行为通常没什么目的性，就是阅读，就是没事儿，就是消遣。但一读就放不下了，被震撼了，被感动了，不能自拔了——要说经典小说，这应当算是基本条件之一。

总的说来，世界文坛还是普通作品多。如果全都是经典小说，那普通的小说就显得尤为可贵了。经典就是相对普通而言的。要说经典之产生有什么深奥的道理，也未必。不过，我倒是想，可不可以把作者非凡的天才和深邃的思索加在里面呢？不知这个提议对不对。自然这是一家之言了。听说琐碎之呓语、新小布尔乔亚、香软肥俗，连同顺嘴故事在经典界也有交椅坐了。蹙眉一想，也对，并不是毫无道理的，大家都在文坛上混，不仅仅要慷慨激昂，撒豆成兵，私底下也是会有泪水的。总之，倘若把小说写到经典这个层面上，那就是了不起，那就是一个民族的巨大成功。

如果一个人写了一百篇小说，其中有十篇成功，在我个人看来，这就是一个非常了不起的作家了；如果写了一百篇，有九十九篇成功，只有一篇小说失败了，或者有点争议，间或悄悄地、羞羞答答地舶来几句微词，您就是一个有趣儿的作家。如果写一篇成功一篇，您哪是写小说呀，您是在生产神话。有了这样的神人，其他人还跟着瞎忙活啥呀，有他一个人就足够了。当然，这事儿较短时间内是不大可能实现的。

至于经典的产生，说句大白话，首先要有自己诚实的人生感受，并难以忘怀，哪怕它极其微小，但始终震撼着你和读者的心灵，像第一缕春风下的每一个人所拥有的那种全新的感受。这当然不是什么方法论，但多多少少还是带有一点宿命的味道。我认识几位写小说的人，他们私下很怀疑自己的能力，但却毫不怀疑冥冥之中有一种力量在帮助他们，助他们一臂之力。这是一个很有趣儿的现象，超凡而真实。

这样看来写小说似乎又有点玄了，不过，回过头来我们看那些传世之作，像朱自清先生的《背影》，鲁迅先生的《故乡》《孔乙己》，像那些世界级的小说大师写的短篇小说，写的都是一些平平常常的小事情。但只要打开这篇作品看，您就会被感动、被震撼，打开一千次，感动一千次。那么，是不是具有这样品质的小说就是经典小说呢？相信会有不同的意见。

我最近阅读少，主要是觉得当下的阅读变累了，特别是读那种絮絮叨叨的小说，讲那种很长又很拙劣的玩故事的小说。无力地放下书，我就傻傻地想，哪怕其中有一两句经典之语，一小段儿拨动心弦的细节，或者啥事儿没有也行，但叙述生动、神采飞扬也好哇。是的，文本之中尚有经典之语点缀的小说肯定有，但不太好碰，就像不放农药的蔬菜，能没有吗？指定有，哪怕卖贵点儿也行啊，但不容易买到。所以我很茫然，在阅读的途中常有一种迷路感。说到这儿，我想说一句走题的话——我常说走题的话（有的老派同志受不了我这个）：就是能不能把那种不放"农药"的好小说，集子也好，书也好，定价高一些，按质论价地卖。比如放"农药"的小说一本卖三十六块钱，不放"农药"的好小说可以提高到一百块钱一本。我们老百姓买了之后，读了之后，觉得物有所值呀。总之，好的小说和散文提供给我们的不仅仅是故事和经历，那还远远不够，而是超凡的智慧和艺术才能，让买家动容而喟叹。

回到正题。说起来，我这一生也不敢奢求出经典，不是认为绝不可能，而是没想过。这就像和嫦娥约会，约她到哈尔滨的酒吧坐坐，白色的餐布上，一盘地道的哈尔滨红肠，一盘纯绿色的、自腌的、加了小茴香的酸黄瓜（两个菜是不少点儿？），两杯地道的俄式红茶，我哈下腰跟嫦娥说，这个地方，包括后面那个巴洛克建筑风格的黄楼，原来是我读小学的学校哩——这可能吗？我辈唯一之目标，极其的单纯，就是有一部分人喜欢我的小说就可以了。

简言之，经典之作品，在我看，万里长征的第一步，首先要人家能读下去，并饶有兴趣地读完它。

　　屈指算来，我已经多年不买书了。过去的四五十年里买的书太多了，房间里早已经装不下了。年轻的时候特喜欢读书，也没啥目的，就是喜欢。只是年轻人囊中羞涩，买不起书，家里的书少得"丢人"，仅有的那几本书也不知读过多少遍，都翻烂了。再加上喜欢在书上勾勾画画，那几本书被"蹂躏"得不成样子了。如此岂能不渴望读新书，特别是自己喜欢的书呢？

　　有人说"书是精神食粮"，说得特别好。其实，这种精神上的饥饿也是很难熬的。当年有两个办法解决。第一个，去市图书馆借书看。只是年轻人读书的速度太快，几乎一天借一本，且天天如是。这个借书频率还引起了那位未婚的女图书管理员的误会。这样的事真是有口难辩，我连那个女孩儿长什么样都没认真看过，注意力全在书上了。于是，辗转通过熟人到省图书馆另办了

一个借书证。第二个办法，是去新华书店、报刊门市部，包括古旧书店买书。但是兜里的钱少得可怜，看到有钱人"啪啪"地掏票子买书，一旁的我特别羞涩。还好，早年新华书店在门口卖《中华活页文选》，一分钱或两分钱一张，全都是经典古文，太好了。

古话说："绳锯木断，水滴石穿。"且一日一章，千日千章。不但家里的书多了起来，腰板儿似乎也硬了，人也变得宽容起来。谁再说我啥也不是，我便一笑了之。后来调去编辑部工作，家里的书变得越发得多。陋室已是书满为患了。可这并不意味着所有的书我都读了，反倒是没读的书越来越多，至少有三分之二的书没有认真地读过，仅仅是翻了翻，浏览一下，知道大概是啥内容就丢在那儿了。真有点儿像厌食一样，悄然地患上了轻微的厌书症。

先前只要是节假日，我是一定要去新华书店或者报刊门市部看看出啥新书和新杂志没有。哪怕是在约会的路上、办事的途中，也从未有过一次"爽约"。后来，只要是路过这些地方，天可怜见，我俨然躲避瘟神似的低着头，匆匆而过，免得经不住书之"美味"的诱惑，又要买些新书回来。

两个女儿长大以后，我立刻将家里的书给她们分去大半。分过之后，再环视六十平方米的陋室，心里松快多了，陋室亦然。我也曾经向社区的物业提出，咱可以捐献一些书，行不？但被对方婉拒，也因此难受了几天。这反倒增强了我不再买书的决心。就这样，差不多有二十年没再买过新书了。当然也不绝对。绝对是永远的谎言。即便是偶尔买一点，也是少之又少。加上我这个人不跟风，无论谁说这本或者那本书怎样怎样的好，对方就是说出牡丹花儿来，我也不为所动。这并不是我的样子有点儿傻，而是明白读书是为了享受。既然要读，总得读自己喜欢的书，这样才会感到愉悦，有所收获。那么收获什么呢？不单单是知识、智慧。比知识和智慧更重要的是发现了知己。古人说，人生得一知己足矣。这难道不是一件快事吗？所以，文化自信，其实也体现在读书上。

那么，我如何又开始购书了呢？这要说到本文的主题了。这件事事出偶然。临近春节，我浏览购物网站的频率高了起来。想着辛苦一年了，过年总要有个过年的样子。啥叫过年的样子？就是买年货，盈年味儿。众人皆醉你也醉嘛。尽管这种样子有些老派，可老派之风毕竟绵延千百年而不绝。在这样的操作当中，不经意发现食品类的栏目居然也卖书。觉得有趣，便浏览起来。这一看不要紧，一发不可收拾。原因有二：一是，这里卖的书极便宜（大约是年底的促销也未可知）；二是，许多书对我而言已经陌生了，需要重新温习一下，问候一下。说来还有第三点，在这些书目当中发现，我喜欢看的闲书居多。好巧不巧，这正好可以打发春节里悠闲的时光啊。于是开始不断地买。仅仅三天，前前后后就买了四五十本书，如《中外建筑史》《围炉夜话》《日本俳句三百句赏析》《中国庭院记》《清嘉录》《茶经》等。内人把我这种癫狂的行为叫"抽风"。

说到先前旧历新年的样子，除了策划与张罗一家人的春节菜肴之外，其中一个顶重要的礼数是无论如何不可以错过的，那就是拜年。祭祖自不必说了。接着是给亲戚、邻居当中的长辈拜年。此拜是必拜之拜。从我的少年时代开始，父亲唯恐失礼，会在头一天板脸如石，告知儿子一定要去邻居家拜年。而今，在大都市给邻居拜年的事已经很少见了。偶一碰面，也仅仅是应付一句而已。这在过去是绝不可以的。一家一家地拜过之后，方才可以按照自己的玩儿法去给同学、朋

友拜年。当年少不更事，从未想到去给老师拜年。现在一想，真是羞愧难当。参加工作之后，又添了给师傅、工友和女友家拜年。这拜年通常是从初一延续到初七上班，甚至有的人在正月十五才猛地想起该拜的某一位。聊胜于无嘛。这年哪，总算是断断续续地拜完了。年也过了，节也过了，一上班，看吧，个个喊累。我亦如此。而今，拜年就简单多了。用微信即可拜到，甚至还可以群发团拜，以一当百，分分钟就完成了诸多必拜之拜。接下来干些什么呢？除了吃喝之外，终是有些茫然。也曾去江边踏雪，也曾去广场独自散步，或者边走边咏古人踏雪的诗。若是因此想到什么，想写点儿什么，又觉得都忙了一年了，何苦来哉？我也曾"冷脸"对待如此奋斗的写家，真诚地告诉对方，写作绝不是我们生命的全部，我们不可以这样没年没节地苛刻自己。结果，事与愿违。

网购的书陆陆续续到了。那就让它们先候在家里，待春节的闲暇时光，一本儿一本儿地读。读书、喝茶、做笔记。

采访者：南往耶，《贵州民族报》责任编辑兼记者，《雷公山诗刊》主编

受访者：阿成

1. 南往耶：阿成老师，您好。因为许多文章都提到您，于是我也读了您的许多中短篇小说，印象很深。因为要做这个访谈，我今天又回头看了其中的一篇，是《安重根击毙伊藤博文》，里面您写有一句："我在前面不厌其烦地谈到那座哈尔滨火车站，就是在这样可耻的条约之下建成的。但同时，这也给安重根击毙伊藤博文提供了豪华的舞台。"我觉得这句话不动声色，像一把刀子——是作家对伊藤博文"有看法"——这很好。一个了不起的小说家，就是他的作品里没有火药味，他的"怒"是不会在作品里"动"的，就算动，也是安安静静地动，就像这样。您也是

这么认为的吗？为什么？

阿成：汪曾祺先生曾说过，写文章要去掉火气，火气太大不适合写小说，也会影响作品的质量。

2. 南往耶：您在与文学评论家於可训先生交流时这样说，作家的创作经历基本上分三个阶段，一是写自己，二是写朋友，三是写别人（人类）。但是我认为，一个成熟的作家，他写自己的时候其实就是在写朋友和别人，因为作家也是人类的一分子啊。不知道我这样的理解是否正确？请您详细谈谈。

阿成：文章千古事，得失寸心知。首先不否认你的看法，但也不完全认同。

3. 南往耶：都知道您写小说或者说是走文学这条路是无意的，但后来却对写作上了瘾，怎么会这样呢？如今，是不是觉得写作其实并不是什么很高贵的行当？或者，写作是一种修行的方式呢？

阿成：没迷上写作，也没上瘾，这就是我的工作，一种表达对世界看法的方式，仅此而已。毫无疑问，写作会提升自己对生命、对社会的认识，如果你认为这是修行的话。

4. 南往耶：您的小说创作涉及"四大家族"，即长、中、短篇小说及小小说。有人说小小说越来越像小故事了，有离开文学的迹象，而莫言先生就直接对小小说表示不屑。您对当下的小小说是如何看待的？您的小小说创作理念是什么？并请您谈谈什么样的小小说才是好的小小说。

阿成：小说就是小说，小的故事，快，简洁，常常让人回味无穷，挺有意思的。莫言之所以对小小说表示不屑，我估计是他看的那几篇恰巧不怎么样。应当说，不怎么样的小说比较多，而且创新性不大。

大家都在互相克隆，互相复制。相信这种情况会很快过去。

5. 南往耶：《小小说选刊》主编杨晓敏说"小小说是平民艺术"，反过来理解是不是说长、中、短篇小说就不是平民艺术了（为什么）？当文学、绘画等变成平民艺术后，是不是一件好事？您对平民艺术是如何理解的？

阿成：艺术本身就是平民的，贵族文学平民也看，平民小说贵族也看。谁多呢？平民多，所以咱们只好认定它是平民艺术。

6. 南往耶：莫言在《捍卫长篇小说的尊严》一文中这么写道："伟大的长篇小说，没有必要像宠物一样遍地打滚，也没有必要像鬣狗一样结群吠叫。它应该是鲸鱼，在深海里，孤独地遨游着，响亮而沉重地呼吸着，波浪翻滚地交配着，血水模糊地生产着，与成群结队的鲨鱼保持着足够距离。"这段话道出了长篇小说的某种高贵。作为长篇小说的创作者，您是如何理解这段话的？

阿成：我还是第一次从你这里知道莫言说过这样一段话，相信这是他的肺腑之言，是他的个人体验。得好好琢磨琢磨。

7. 南往耶：去年的鲁迅文学奖和今年的茅盾文学奖，您是怎么看待的？这些奖项的获得，是不是就可以成就一个作家？

阿成：得奖是好事，祝贺每一个得奖的人。

8. 南往耶：您写东西真正"出名"是在二十世纪八十年代末期，就是《年关六赋》，这篇小说是编辑在自由来稿中发现的。我的意思是，现在这样的好编辑似乎没有了，报刊成了"内刊"。作为也非常清楚编辑故事的作家，您认为为什么现在的编辑非常浮躁？

阿成：不是编辑从自由来稿中发现的，是我寄给当时在《北京文学》当编辑的著名作家刘恒先生的，是他看到后极力举荐。个别对编辑工作三心二意的人，应当向刘恒先生学习。

9. 南往耶：您在《无意中写了小说》一文里有这么一句："现在我仍然买洋书读，让我觉得不公的是，他们几乎无视中国的文学。"我想知道，为什么外国人"看不起"中国文学？是不是民族的"陌生感"让人不能接受，还是中国文学本身存在问题？

阿成：啥问题也没有，慢慢读吧。

10. 南往耶：我们常常说民族的才是世界的，但实际上，有的时候，"民族的"仅仅是作为"动物园"的角色被人观看而已，而不是被尊重的。为什么会导致这种局面？请用五百字左右谈谈您所理解的"民族"应该是什么，以及"民族"（民族文化）的价值在哪里。

阿成：谈不了那么多。拣主要的说一句，中国人写的小说必然是中国味道，这一点不必担忧。

11. 南往耶：您到过贵州吗？您印象中的贵州是什么样子？

阿成：去过两三次，年轻的时候就曾经去过。我喜欢年轻时贵州的古朴、中年时贵州的沉稳、现在贵州的张扬与进取精神。加油啊，贵州。

05
阿成心语

人在延安

深情地关注

1.记者：您的作品从《年关六赋》开始，到《马尸冬雨》，写的都是平民题材的作品，有人称您是平民作家写平民，您是否以这种心态从事写作的？

阿成：你可能对我的作品了解得还不是很全面，但是你能说到这个份儿上就已经让我吃惊了。到2007年12月为止，我已经出了三四十本书了，其中有长篇小说、中短篇小说集、随笔集，以及古诗新译等，并不包括我偶尔写的电视剧、电影和话剧。如果说这些作品有一个共同的主题的话，那就是对普通人生存的关注。这样说似乎并不准确，但用"深情地关注"就准确了。既然是深情地关注，起码身份是平等的，只有身份平等，交流才会平等。因为你骨子里是一个普通老百姓，所以你的出发点不容易改变，尤其是对一个作家而言，不管这个作家是诺贝尔奖的获得者，或者是中国的鲁迅奖、茅盾奖的得主，都不会改变他们的基本立场。当然，我指的是把文学事业当作自己毕生事业的人。这不仅仅是一种选择，也是一种立场和信念。

2.记者：您的作品在表现手法、题材选择上被称为平民，这样的说法是否准确？

阿成：我没有搞懂你的提问。是不是可以这样说，作家的创作不是选择而是一种感慨、一种真情、一种不吐不快。当然，他的感慨和真情来源于他个体的特殊癖好，就是说他的基本人生态度。当然，每一个作家都不会清一色地写某些平民，他们也会写一些当权者、科学家、企业家和知识分子。他们的视角和立场不会因为他们涉及的题材而改变。他们无论讴歌与批判都出于作家自身的良知，他们不会计较一些琐碎的事情，他们尽可能以俯瞰的态度、善良的心态来对待他们面前的芸芸众生和他们笔下的人物。

3.记者：从语言运用技巧上，我认为您的一些作品与汪曾祺有些相近，在细节的捕捉上，有逾沈从文之处。您怎么看自己的文学语言？今后是否还要保持您现在的风格？

阿成：这是一个有趣的问题。作家的语言首先是来源于生活，来源于学养，并迸发出某种创造。同时，又不可避免地要受到一些前辈的影响。什么是影响呢？影响首先是欣赏、喜欢，这才会不自觉地学习别人的某些语言方式（不是全部），来丰富自己的表现手段。这里要说的话题是很大的，简单说，就是一句话，看起来像是大白话，实际上它蕴含着丰富的情感和审美激情，是一种智慧与功夫。

至于保持某种风格，其实不是作家要考虑的问题，作家不是要保持什么，而是要坚持怎样的人生态度。坚持你的人生立场，以宽容的心态，以火热的热情，以善良的真情，以无畏的精神来对待生活，来对待我们可能需要赞美、批评、讽刺的形形色色的人。为什么有些人喜欢读文学作品？因为在文学作品当中，他们的灵魂得到了抚慰，他们的际遇得到了理解，他们和作品中的人物有了相通之处，从而获得某种解脱。总之，不论你是怎样的一个务实的人，精神生活你永远不可能抛弃。精神生活就像一个人的影子一样，你不可能把它卷起来卖给别人，当你失掉自己影子的时候，你就会成为席勒笔下的那个《出卖影子的人》，那将是痛苦不堪的。

我们还回到语言，语言就是文学。过去我是这么说过的，也赞同这种观点，但是，准确地说，文学语言应该是艺术的表达。

4.记者：您在创作上取得如此成就，有哪些经验可以启示新人？怎样看待当代的文学创作？

阿成：我不知道怎么来回答你提出的问题，我倒是有自己的一个标准，那就是，一个作家并不是把文学作为手段、作为敲门砖、作为一种资本，用它来"购买"通向仕途或者其他更好职位的工具。现在这样的作者有相当的数量，这是一种可悲的现象。个中的道理很简单，因为他们的文学创作行为是有目的性的，目的一旦达到，他们就会放弃文学创作，从事其他行业。比如说，当一个领导，或者是当一个专家，我基本不对这样的人的创作抱有希望，但是我尊重他们的选择，至少这是一个不错的选择。

那么，另一条就是，如果你缺乏这方面的天赋，全部依靠形体的表演与亢奋的呐喊，靠似是而非、变异性的陈述，这是脆弱与无知的。事实上，你应当审视一下你自己究竟适不适合当一个苦行僧式的作家，如果吃不了苦，耐不得寂寞，甚至急于求成，拔苗助长，我看你就应当停下来，认真地思索一下，看看自己更适合其他什么工作，然后朝着那个方向去奋斗，效果会更好。

还有一点，就是一个有出息的作家，把自己放在什么样的环境下进行衡量，这是顶重要的。你是把自己放在一个单位的环境里，还是放在一个区的环境里、市的环境里、省的环境里，还是全国的环境里进行评判，这样一衡量，你就会发现，你到底处在一个什么样的位置上。不可否认，现在"著名作家"太多了，可是，真正让老百姓认可的就不那么多了，因为作家和作品并不是领导圈定下来的，它在每一个读者的心中。一个作家如果有了名气，那不是对他本人的肯定，而是对他作品的肯定。这一点非常有趣，我也看到在中国文坛上有些人极力地宣传自己，到头来还是一个不入流，或者三四流的作家。这很辛苦。希望青年人引以为戒，千万不要走这条路。与其走这条路，还不如选择别的工作，同样可以证明自己的价值。

这里我恐怕还要提到深入生活。深入生活是一种个人的自觉，从创作原则上讲，并不是单位的组织行为。一个是你生命当中必行的旅程，那是你生活的资源。另一种是，在你的文学意识觉醒之后，你要有意地走下去，去体验、去观察、去研究，这也是深入生活。深入生活是文学的根啊。其实，文学艺术界各行各业都需要深入生活。我们知道雷振邦先生写了那么多优秀的歌曲，传唱几代魅力不减，他靠的是什么？就是靠在全国各地不停地走，从民间汲取营养。我要说的是，不要躺在单位的怀抱里，深入生活完全是你的个人行为。

以上种种的排列似乎有点尖刻，但是，要想成为一个真正的作家，就要抛弃名利思想，不为其他的诱惑所动，甚至不为批评与表扬所动，要甘于寂寞，踏踏实实地在这条路上走下去——所有成功作家概莫能外。回想当年，阿成不也是被单位的某领导称为"不适合写小说的人"吗？所以，不要在乎一时一事的得失。因为你的成功需要得到整个中国社会承认才行。那么，是不是坚持深入生活就能成功呢？这也不能保证你肯定就能成功。这里我还要加一句很多人不喜欢听的话，就是：你是否有这样的素质和天赋。记住，文学永远不是靠一种运气，一种机遇，它完全靠的是实力和智慧，一丁点儿水分也没有。那些偶然成名的情况也有，但是领了三五天风骚后很快就被湮没掉了，成为明日黄花，在文坛上不会有任何位置。用老百姓的话说，你用在文学上的智慧少了，文学就会因为缺少灵气和思索而变得苍白无力；你用在其他行业的智慧多了，你就会在那个行业取得一定的成就。所以，作家都有点儿"傻"，不那么社会，不那么会处人，甚至不那么会说话。并不是作家傲慢，可能是他们吃的苦太多了，他们孤军奋战的时间太久了，无论他们怎么谦虚，因为他们的成绩在那儿，旁观者总会觉得他们很傲慢。这是没有办法的事。

5. 记者：您的获奖作品《乌鸦》，人们评说不一，我感觉《乌鸦》确实是一篇和您以前的创作风格不太一样的作品，叙述风格固然是您一贯的风格，但主题（这里用词可能不太准确）似乎是多元的、多义的，您认为如何解读这部作品？

阿成：《乌鸦》这部作品挺有意思的，目前已经在日本完成翻译，进入了大学教材。有争议是正常的，没有争议的作品不见得是好作品。其实，每一个人都有一个标准，你要相信自己的标准，不要把评判的权利让给别人。如果你认为某某作品不好，那是你的权利，你应当想，你是正确的，你不要看评论家怎么说，也不要看所谓的专家怎么说，你要相信你自己。这就是文学的特殊性。

这篇作品可能和过去的小说有点儿不一样，估计是由于内容所决定的吧，需要那么一点儿气氛，那么一点儿忧伤，那么一点儿担忧。因为这座城市毕竟失去了保护神——乌鸦。乌鸦曾是生活在这个地方的先民们的图腾。是的，作品不是作者阐述出来的。我还是打住为好。

《教育报》给阿成的问题

1. 您上中学时是不是一个读书特别好的人？您有没有挨过老师的批评？如果有，那又是为什么？

阿成：我读中学时，自己不仅不是学习特别好的学生，而且也从没想过要当一个读书特别好的学生。我觉得我读中学的时候是个缺乏理想的人。但是，老师从来没有批评过我这一点，他只是批评我学习成绩不好。其实，成绩不好就是缺乏理想的表现。我记得我们班是五十四名同学，我总在三十名左右徘徊。到今天，我对三十名左右的排名仍有亲切感。顺便说一句严肃的话，如果老想着争取第一名，肯定要付出许多艰辛，会丧失许多中学时期的快乐。这种痛苦最好大学毕业以后再去接纳它。

2. 您从小是不是就喜欢写作？您平时写作文是不是就特别厉害？

阿成：我不知道我从小是不是喜欢写作，但是，我写作文的确很"厉害"。为什么很"厉害"呢？就是我喜欢在作文里说真话，不喜欢用形容词。当然，所谓的厉害也就是那么回事，是一种幼稚而已。如果一定要夸一下自己，就是我中学时的作文常常是老师在课堂上朗读的范文。到今天我才明白，老师是喜欢听真话的。其实，读者何尝不是如此呢？

3.您作品中的人物是不是都是真实的？您为什么总有写不完的文章，而我们平时写作文，总觉得没东西可写，这到底是为什么？

阿成：我写的人物百分之九十以上都是虚构的，因为写一个完全的真人是很危险的，必须进行艺术化的处理，使他们更像一个个艺术形象。我不知道为什么一写作文就觉得无话可说，我在中学念书的时候，许多同学也有这种现象，好几个"淘"学生的作文都是由我一个人"包办"的。我想，原因有两个，一个是他们觉得用笔来写一个人是困难的，这是能力上的问题，应当适应"用笔说话"。第二个，就是他们觉得普普通通的小事不值得一写，尽管古人再三说，以小见大、勺中见月之类，但没有用。有时候，写作文和写小说一样，应当处处闪耀出思索的光芒。

4.您喜欢读哪一类的书？为什么？您读书有什么诀窍？

阿成：除了数理化的书，我什么书都喜欢，但是，我最喜欢读的还是比较轻松的书，有文采的书，能写出人生滋味的书，智慧的书，很有质量的幽默的书，平中见奇的书，化腐朽为神奇的书。我读书什么秘诀也没有，就是愿意看的就看下去，不愿意看的，谁说好也没用，两个字，不看。这是读者的权利。

5. 您上中学时的偶像是谁呢？

阿成：我上中学的时候没有什么偶像。

6. 您少年时是不是爸爸妈妈眼中的好孩子？和爸爸妈妈之间有没有特别有意思的事呢？

阿成：我从少年一直到青年，是爸爸妈妈最头疼的孩子。如果我们之间有什么有意思的事情，就是当父亲一本正经教训我的时候，我总是非常严肃地听着，不断地点着头，很诚恳的样子，但我什么也没听进去。我也不认为他们说的不对，可我就是听不进去。到今天，回忆一下父母对我讲过的话，父亲总体说的一句话就是，要孝顺。母亲也是一句话，总结起来，就是要听领导的话。我两个哥哥跟我讲的话，归纳起来也是一句话，如何巧妙地躲避父母的责骂，包括体罚等等。所以到今天，我是一个比较混乱的人。一方面，我想孝顺父母，但做得不够好；一方面，我想听领导的话，但也做得不够好；还有，我想巧妙地躲开父母的责骂，没想到老迈父母的"武功"全废了，他们已经不责骂我了，我开始责骂自己的女儿了。你看看，我们一代代的父母都做了什么，一本正经地、负责任地做一些无效的劳动。其实，父母的话就像酿酒一样，当时是不起作用的，二十年后，或者四十年后，才能成为金玉良言。可这个过程里，我们把许多傻事都做尽了。再补充一句，父母是严肃的，儿女是"狡猾"的。

后记 1

王老师的幸福生活

王若楠

今天和朋友们出去玩，又回来晚了，往家里打了电话，告诉王老师再有二十分钟到家，别担心。刚下了车，就看见王老师站在楼下等候，虽没有"微词"，但那神情分明在说："小崽子，下回给我早点儿回来！"

王老师经常在饭桌上给我和姐姐讲述他少年离家出走的"光荣历史"，什么在房顶烟囱旁边一睡就是好几天，什么拿着几毛钱去哈尔滨最好的华梅西餐厅吃焖罐羊肉和红菜汤，去看午夜场电影……脸上那骄傲的神情加上夸张的手势，别提多神气了。可他却绝对不允许我和姐姐这样做，道理嘛，就是跟所有家长教训的话是一样的："女孩子，老实在家里待着，写点儿东西多好！别天天四餐八餐的，除了消费就是消费。"也只有在这个时候，我才深刻体会到那句"只许州官放火，不许百姓点灯"到底是啥意思。

王老师已经是一个年过半百的"老头子"了，虽然所有认识他的人都说"阿成老师真年轻"。

说王老师老了，原因很简单，因为他最近老年人的"恶习"已有增多的迹象。最明显的就是早晨起得极早，然后穿梭于书房、阳台、客厅、厨房之间，制造各种让你不能继续约会周公的声音，然后准时在六点半的时候推开我的门，大喊："快起床！都几点了！还睡！"万般不情愿起来之后，便在他的"指挥"下擦桌子、扫地，吃完早饭一看表，才七点钟，然后等待一个半小时再去上班。因为最近这段时间我都是后半夜才睡，所以王老师的政策稍有放宽，可以睡到早晨七点。再晚一点，是坚决不行的。

　　王老师是个烹饪高手，而且非常喜欢下厨一展所长。也正因为如此，家里的三个女人都不会做饭。因为王老师的单位下午并不坐班，所以他在中午回来后，都会很忙——忙着准备晚饭！先把该洗的都洗了，该焯的都焯了，该切的都切了，该调汁的先把汁调好了，把该用的盘子先拿出来摆上，然后一直等到晚上六点，点火做晚饭。把所有的东西都弄好的时候，正是我和姐姐进家门的时候，刚好可以开饭！准确之程度，令人吃惊。

　　说王老师很重视吃，是因为家里的多本菜谱都已经被他翻烂了。当王老师想做一道新菜的时候，就拿着那几本菜谱逐字逐句详加研究，再加以联想和创新，使得家里的餐桌上经常是花样翻新，什么番茄鱼排、豆浆蛋羹……总之红红绿绿的，很漂亮。王老师很喜欢吃面食，尤其是饺子和面条。对于这两样，王老师是下了功夫琢磨的。饺子馅儿一开始还是比较传统的，可发展到后来，什么黄瓜馅儿、蘑菇馅儿、香菜馅儿都上来了，不过味道确实不错。王老师有一个绝活，就是做脆油饼。薄薄的油饼分了好几层，加几片葱花、一点儿盐，又香又脆，还带点咸味，味道好极了。当我想把这手艺发扬光大的时候，王老师最常说的一句话是:"学这个干啥,怪累的,学会了就得做一辈子,有啥好?咱不学!"最近,为了配合我想减肥的愿望,王老师已经一个月没做肉类食品了,就连炒豆角也不放肉了。

王老师喜欢摆花弄草。每到四五月份,王老师就会找一个休息日拽我陪他去花市买几盆各色花草回来(对于这种绝对属于老年人的活动,我真是不太愿意去。但谁让人是亲爹呢,没办法,勉为其难吧)。虽然家里的花不是什么名贵品种,但在王老师的侍弄下也蓬蓬勃勃地一室碧绿。其中,王老师最喜欢的是那盆养了十七八年的毛竹,那是他年轻时一位朋友送的。也因为那盆葱郁的毛竹,他一位写字的朋友送给他一幅字:"未出土时先有节 到凌云处总虚心"。时隔将近二十年,在我的记忆中,那幅字一直挂在书房,其间数次搬家,它的位置也从未改过。现在,那幅已经有些泛黄的字仍挂在王老师的书房中。王老师对菊花也情有独钟。每到"十·一",我和姐姐总会投其所好,买回大束黄灿灿的花朵,装进花瓶,放在茶几上。也因为王老师喜欢养花草,所以妈常说:"老阿,你之所以有两个丫头,是因为你喜欢花!"

王老师喜欢逛街。在王老师所有的优点之中,我最喜欢的就是这一点。每到星期六或者星期天,我都会和王老师一起去逛街——当然,打的旗号是去报刊门市部买杂志。在买东西这一点上,我和王老师的兴趣是相同的。每次逛街回来,都会有所收获。什么新出的 CD、VCD,新流行的外套、毛衣、裤子、鞋,新出品的各种漂亮的碗、水杯、花瓶,超市新上市的果汁、牛奶、面包、小食品,通通杀下马来。当然,也少不了在外面吃一顿。哈尔滨新开的西餐店、酒吧、饮品店,我们王老师基本是吃了个遍,并对各个店的特色吃食如数家珍。这时候就觉得，找男朋友干吗，还是王老师好！当把东西大包小裹地拿回家之后，会立刻遭到老妈的严厉批评。我和王老师就把买回的东西，全部打个五折，然后报价给老妈，这才能稍平她老人家的怒气。

王老师喜欢看影碟，尤其是外国片。记得那时还是录像带，王老师在一个月多一点儿的时间里，把一个租录像带的小店里所有的外国影片全部看了个遍，并且到那个店里租带子不用任何手续，只管拿就行了。在这些外国影片中，王老师最喜欢看的还得数二战时期的影片。夏天里的那一个月，王老师都是在"枪林弹雨"中度过的。第二年正好是反法西斯胜利五十周年，所以，电视里放的所有二战时期的影片，王老师全都看过。

王老师买VCD通常会很浪费。这种浪费并不是因为他买得太多，而是他经常买重。一到音像店，王老师的神情就像是到了太阳山，看见四四方方的东西就想拿。回到家里就会发现，很大一部分都是家里有的。原声片子看多了，王老师的嘴里也能蹦出几句地道的英语，也就知道了我为什么总叫他"呆弟"了。拿王老师的话说："这算啥呀！"

王老师经常说老妈没有幽默感，转而培养我和姐姐的幽默感。在这种幽默教育下，我们和王老师说话有些没大没小。不过，在王老师的幽默之下，家里有一种很轻松的气氛，这让我觉得非常舒服。躺在床上吃饼干、看书，绝不会挨王老师"K"；对某本书或文章发表一下幼稚的看法，也不会遭到王老师的白眼；在家里夸夸其谈，对王老师的文章不恭不敬时，他也不会打击报复。有这样的老爹，真是很幸福。

王老师有一个算缺点又不算缺点的毛病，就是每次走在街上，都会给一些自残的假乞丐钱。我告诉他，那些乞丐非常可恶，可恶到用自残来骗钱。可王老师却拿出他那超级的"傻瓜"理论说，自残身体去要钱，并不是每个人都能做到的，就这一点来说，是"难能可贵"的。这是什么理论嘛，简直就是谬论！

也许是因为王老师是个写字儿的缘故，所以家里的书就特别多。中国的、外国的，古代的、现代的，有名的、没名的，都有。由于书不断地增多，王老师书房里一面墙的书架已经放不下了，所以阵地就拓展到我和姐姐的房间。原本已经很小的屋子，就显得更挤了。不过好处也是有的，看书不用走太远。

因为知道写字的辛苦，所以我和姐姐都不喜欢写字。有王老师在前面，压力太大！所以，王老师走了很多年的写作道路，终于在我们身上走不通了。为此，王老师常常感叹："后继无人哪！"没人就没人呗，没什么了不起的。不管王老师如何威逼利诱，皆不能改变他的被动局面。因为王老师一直说，做人就要坚持。反正我们是听了话的，坚持嘛——不太难！

古人说言多必失。说了这许多，不知哪一句会捅到王老师的痛处，还是速战速决的好，免得出现什么后患就不好了。

最后一句，作为父亲的王老师，在女儿眼里形象还是很不错的。

后记 2

阿成侧记

王若楠

又是写老爸的印象记，这篇是第二次，应了那句话，有了第一次就必有第二次。但我还是心虚地坚信没有第三次了。实话实说，写阿成的印象，女儿我真是一百个不愿意，但是，抵抗是没有用的。

我"认识"阿成已经好多年了，可还说不上是很了解啊。不过，在我慢慢长大的过程当中，阿成老爸的头衔开始多起来了：省作协副主席、市作协主席、市文联副主席等等。老实告诉大家吧，这些大高帽子的衔儿全都是虚的。据我这个常给他接电话的内线女儿所知，这些职务给他的待遇就是两个字——开会。可他就是不开会。人家一通知他开会，他就撒一些极低级、没智商的谎，什么肚子痛，什么发烧，什么马上出差等等，非常拙劣，一点不像是写小说的人撒的谎，对方一听就能立刻识破。但人家考虑到他已经是个老作家了，不好意思直接戳穿他。但我也发现，虽然老爸口口声声说烦这些虚职，可在写作者简介的时候，还是常常把那些没用的职务写进去，看来老爸也不是一个超凡脱俗的人啊。

实际上，老爸在没有离岗之前，他真正的职务是《小说林》和《诗林》的头儿。但是，在他离开岗位的前一两年，据编辑部群众观察，头儿已经开始有些"不理朝政"的意思了。

老爸的另一个特点，就是酷爱往下跑，什么林区、煤矿、屯子、金沟儿。在我的印象里，他跑的地方基本上都是大庆、牡丹江、佳木斯、尚志、双城、阿城、黑河……出省的不多，而且他去的这些地方，全都是有品位的人不爱去或者不屑去的地方。老爸在那里有不少朋友，还都是些好朋友。这些朋友如果是作者倒也罢了，让人惊讶的是，这些人不过是曾经爱好文学，但现在早已不爱了的人。老爸每次下乡找朋友，风尘仆仆回来后整个人都是脏兮兮的，极度疲倦，但脸上是乐开了花儿的样子。下乡还有些收获，像木耳、蘑菇、咸鸭蛋，或者一袋小米啥的，用句流行的话说，这些都是绿色食品。其他的，没了。不像名作家，一走就是全国的名山大川、世界的名胜，最次的收获也是法国咖啡壶啥的。

老爸电话打得很少。用他自己的话说，他这个一年才花十块钱长途电话费的人，基本上是与世隔绝了。可是，你不往外打电话，人家给你打电话，你倒是接呀，他又常常让我撒谎说他不在家（好在文学界的朋友例外），弄得我挺尴尬。你要说他绝对封闭，也不是，他和早年那些工友、现在已经下岗的朋友，倒是弄得挺亲热。我知道，老爸一见到老百姓，神采飞扬、妙语连珠，一见官儿们，完了，蔫了，总是躲得远远的。不信你们看他和官儿们的合影照，他一准儿是在后面露半张脸。但老爸说："丫头，这是中国文士的风度。"

不过，人都有优点，老爸也不例外，比如在家做饭、养鱼、养花等。再有的优点，就是对朋友实心实意，特别是对曾经帮助过他、有过知遇之恩的朋友，天天读，天天念叨，就差天天给人家烧香了。我看有点儿过了。

我很佩服那些崇拜老爸的读者，这些人能当着他的面，把老爸的小说背上好几段，我这个给他打字的亲姑娘都不行。那些人见老爸一次面就向他要一本书。我知道的，还包括几个得了癌症的老先生。我跟老爸说，啥好书啊，非得要看你写的那些东西?!

跟老爸接触这么些年了，总体看来，他不是一个很有心计的人，而且也不大善于交际，这一点，我像他（这有点儿像自夸）。虽然心计不多，不过老爸的个性倒还是有一点的。在黑龙江某地，市里的一位领导请老爸吃饭，这位领导因为临时有事，延迟了一个多小时还没来。老爸来脾气了，耍清高，罢宴了，走人了。后来这位领导调到省里主管文化工作去了。

现在阿成写东西不像过去那么多、那么猛了。我是他固定的打字小厮，发现他近来写的随笔多了起来，写得还挺认真。小说一年也就写个三四篇，而且他并不计较刊物的大小级别，谁稿费高就给谁。老爸说，这是修炼的结果。心静了，写了几十年了，除了稿费，一切都看淡了，才算进入到真正的写作空间里。

在老爸的电脑文件目录上，单有一个文件名叫"未完成"。那是一篇不断被加长的文章，里面全部是他个人的创作体会和对文学的认识、思索，纯粹个人的，写得挺真诚，挺独到，挺明白，从不引经据典。我说："老爸，你这东西弄长了就可以出本书啦。"他没吱声。

近几年，网络发展得如火如荼。要在网络上找阿成的作品，开始的时候，我总是输入"阿成"来搜索，但是，近来用这个名字的人多了起来，只要一查"阿成"，里边一准儿掺杂着一些不是此阿成的阿成们。我把这事跟老爸说了，他说："那你就查王阿成。"我说："假如再出几个王阿成怎么办？"他说："那你就查王王阿成。""要是又出几个王王阿成怎么办？"老爸说："那就按照云南女作家白山说的那样，开一个'全国阿成联谊会'，我这个全国第一个在文坛上叫阿成的人，至少应当是一个理事长吧。"

有一次我问老爸："你咋这么爱写作呢？"老爸说，因为他脆弱……

写这篇文章之前，老爸就跟我说："姑娘，别把我写得太惨，我也是一支锋利的箭哪。"

箭我可没觉得，顶多是一个箭头吧。我想，我已经把老爸写得够光彩照人的了！

扫码获取专属数字人